牛込 覚心

人が死なない理由《わけ》

国書刊行会

人が死なない理由《わけ》

生けとし生けるものは、死にはしない。生から生へ、一時は「中有《ちゅうう》」の身体となっても、七週間後には、父の白い精液と、母の赤い精液とが、和合によって混在し、その中に、生へのすべての条件を整え終わった中有の身体である、微《み》細《さい》で青黒い〝識《しき》〟が、母胎《もたい》である子宮に、抗いようもなく吸引、吸着されて、それが「生有《しょうう》」という、受胎の刹那《せつな》となる。生が転変して、中有の身体はその刹那に死滅する。すでに、次生《じしょう》の「本有《ほんう》」は始まっている。このように、生きとし生けるものは、死ぬことはなく、その生の位《くらい》を変転させるだけだ。これが「輪廻転生《りんねてんしょう》」である。

第一章

1

気候が大いに揺れている。小賢《こざか》しい人間の利便さの追求の結果で、この伊豆高原の高台にある、ごく平凡な山寺の「浄居山輪檀寺《じょうごさんしゅだんじ》」も、七日の間に真夏と真冬を、四月だというのに経験させられた。おかげで折角花開いた桜の顔も、苦笑いの末に散り初めてしまった。

元気なのはモカという犬種のコーヒーの名前を呼び名に付けられた、小型の雑種犬だけで、コーギーという犬種の血を引いていて、生まれて半年めで、恐ろしく精力があって利口な犬だ。犬も純粋種よりも、血が混《ま》ざりあっているほうが優秀で丈夫である。混血に勝《まさ》る生きものはいない。きっと人間もそうだろう。

寺の境内の眼前には相模の海が展《ひろ》がっている。この景色は絶品であると、住職の〝記別忽然《きべっこつねん》〟は呟いたことがある。ところが大黒《にょうぼう》兼庵主《あんじゅ》の〝劫照《こうしょう》〟は、

「景色じゃご飯は食べられないよ。働きな」

と超現実的なことを言って、洗濯ものを干しに行った。

（夢のないことを……）

と口の中で呟いた忽然だが、劫照の言うとおり、寺は見事なまでに、紛う方なく貧乏であった。

夫婦で六十歳後半を過ぎて、七十歳に限りなく近い。

寺では仏法の教えを「法輪《ほうりん》」と言い、生活面を「食輪《じきりん》」と呼んだ。

この食輪に苦労している。

相模湾の水平線上に、池泉《ちせん》の中島のように伊豆大島が見える。視界のよいときには、元町の建物までが見えた。

寺の背後には、大室山《おおむろやま》や、天城《あまぎ》連山が屏風のように聳えている。

もう、年中行事である大室山の山焼きも終わっていた。お椀《わん》を伏せたような山で、その裾野は大室高原と呼ばれて、別荘地帯になっていた。圧倒的に老人が、都会から移り住んで余生を送っていた。

そうした老人のなかには仏教への信仰心の篤《あつ》い方もおられる。

なかでも角田《かくた》老人と、ご婦人の碇好子《いかりよしこ》さんは、現代の居士《こじ》と呼んでもよいくらいに勉強熱心で、寺を訪れては、忽然が音《ね》を上げるくらいに質問攻めにしてゆくのであった。

「噂をすれば影だ」

忽然が首をすくめた。その二人が揃ってやって来たのだ。

「和尚さん……」

「逃《に》がさないわよ。このあいだのつづき、聞きに来たんだから」

「そう。人は死なないって話。絶対に聞いて帰りますよ」

(やれやれ……最初《はな》からこれだ)

しかたなく、忽然は二人を応接間に通した。

二人とも、忽然の好物を知っていた。花林糖《かりん》が好きなのである。歯が悪いので、舐めるようにして食べる。お茶を服《の》む回数が増えて、その分トイレが近くなった。

「今日は二人でなく三人かい？」

「私の孫で高校三年生。仏教大学に行くそうよ」

好子さんが言った。背の高い好青年である。

(坊主になったら、モテるな)

と忽然は思った。

「お寺の息子さんでもないのに、仏教大学とは、最近では珍しいね。お名前は？」

応接間に落ち着いてから、忽然が訊《き》いた。

いつのまにか、劫照も、茶を淹《い》れながら、席に参加していた。

「和尚さん、なんで人は死なないんですか？」

角田さんが、話の口火を切った。

「如是我聞一時《にょぜがもんいちじ》と、経典では書き出すんだろうがな」

「是《かく》の如《ごと》く我聞《われき》きぬ、一時《このとき》……ね」

好子さんは、よくお経を読んでいる。

「む。人というのは間違いだな」

「というと？」

角田さん、好子さん、劫照に、恒夫クンと名乗った好青年が、身を乗り出した。

経典では、この後、集《つど》った仏菩薩《ぶつぼさつ》の名が何万人の眷族《けんぞく》と倶《とも》なりき、うんざりするほど出てくるところだが、忽然は世尊（釈迦）ではないから、そうした仏菩薩に囲繞《いにょう》されることはないし、額の毛の渦である「白毫《びゃくごう》」から放光して、三千世界を照らし出すこともないし、六種に揺れる（「六震《ろくしん》」）こともない。

忽然が花林糖に手を伸ばして言った。

「うん。衆生《しゅじょう》だな。衆《もろもろ》の生きもののこと。仏教では、この衆の生きもの、衆生を、『四生《ししょう》』といって四種類に分類している。胎生《たいしょう》といって、哺乳類だ。人間は。霊長類などといっているが、このなかに入る。次が『卵生《らんしょう》』といって、卵で生まれる生きもの。三番めが、『湿生《しっしょう》』といって、水中や水辺の、湿気のあるところで生きる生きもの。だいたいは、この三生で納まるが、四番めに『化生《けしょう》』という、説明のややこしいのがいる」

「宇宙人ですか?」

恒夫クンが若者らしい意見を言った。

「それも入るかもしれん。今や、地球以外の星に生物がいるといっても、驚くにはあたらないからね」

「SFですね」

「そ。仏教の始まりはSF、それも壮大なサイエンス・ファンタジーだな」

忽然は、住職のかたわら、ものかきをやっていた。どちらが本職かわからなかった。貧乏寺であったから、そうしないと食輪が回転しないのであった。それで、感覚だけは若くしていられた。ありがたいことに、住職も、作家も停年がなかった。

(生涯現役)

で、努力と運次第でいられる。

「衆生、生きとし生けるもののなかでも、人間は、はじめは、この化生だったんだよ」

「化《ば》けものですか」

角田老人が言った。

「遠からずだな。それには宇宙の成りたちから説かなくてはならない。宇宙は、時間と空間でできている」

「超時空要塞マクロス！——」

「恒夫、それはアニメでしょ。ちゃんと和尚さんの話を聞きなさい」

好子さんは孫に厳しい。

「ここからは、仏教の宇宙観だ。夢物語のようだから、眼を閉じて、想像しながら聞いてください。この大宇宙、マクロコスモスを、古代インドでは、梵《ぼん》、ブラフマン（brahman）と呼んでいた。対して人間はミクロコスモスで、アートマン（ātman）、我《が》と呼んだ。古代インドの仏教以前は、バラモン教が支配していた。バラモン教の聖典を『吠陀《ヴェーダ》』といって、〝リグヴェーダ〟〝アタルヴァヴェーダ〟〝サーマヴェーダ〟が三大ヴェーダなのだが、サブヴェーダもあって、医学というか、生理学の聖典が〝アーユルヴェーダ〟だな。寿命を意味する〝アーユス（āyus）〟と、知識を意味する〝ヴェーダ（veda）〟の複合語で、〝アーユルヴェーダ〟だ。仏教には無量寿という名の如来がおられて、これはアミターユス（Amitāyus）。無量寿如来は、胎蔵曼荼羅の中台《ちゅうだい》八葉院の西の如来として描かれているけど、みんなには阿弥陀如来といったほうがわかりが早いだろう。阿弥陀如来には、もう一つ呼ばれ方があって、アミターバ。これは光のことなんだが、光が当たらないと、空間の存在はわからんだろ。寿が時間だから、両者を合わせると、〝無量時空仏〟宇宙の仏で、浄土真宗なんかでは、南無無量寿如来、南無不可思議光などと呼んでいるけど、現実は南無阿弥陀仏だな。そのヴェーダの最後にできたのがウパニシャッド。だからヴェーダンタとも呼んでるけどね。そこでは、大小の宇宙が合一《ごういつ》することが悟りだったの。おもしろいな」

「今でも、そういう考え方はありますでしょ」

好子さんが言った。

「うん。あるね。バラモン教の思想は、仏教にも入っているし、ヒンドゥー教や、ジャイナ教にも影響を与えているな。で、その大宇宙だが、星雲の中から飛び出して独立する星、光は飛んできているが、実体はとうにない星ガスだけのものと、いろいろあるよね。われわれ人間の短サイクルな思考では及びもつかない悠久の時間をかけて、この宇宙も動いている。時間を劫《こう》という単位で考えるんだがね」

「私の僧名の一字よ」

劫照が言った。

「一劫《いちこう》というのは城の中に芥子《けし》の実をいっぱいに入れて、百年に一粒ずつ取り出して、城が空になったらだというんだ。どのくらい大きな城だかはわからないが、城といえば、まあ、城だよ」

「気が遠くなる時間の単位ですな。インド人は0《ゼロ》という単位を考えた民族ですからな」

角田老人が首を振って言った。

「で、仏教の宇宙観では、一つの世界、宇宙ができようとしている時を『成劫《じょうこう》』、できあがって快適な状況がつづくのを『住劫《じゅうこう》』。現在の地球だな。これが崩壊していく……」

「その予感はあるわ」

好子さんの眼が真剣になっていた。きっと環境問題を考えたのだろう。

「うん。で、これが『壊劫《えこう》』。そしてなにもなくなった状態が『空劫《くうこう》』。劫は、ゴウと発音する人もいる。カルパ（kalpa）が梵語でね。劫は、おびやかすという意味もある。劫奪、劫略ともいうからね」

「私のことを言っているの？」

「ほらね、おびやかしてるでしょ。で、この四つを『四劫《しこう》』というの」

「それがサイクルになっているんですね」

恒夫クンは理解が早い。

「そう。ミクロコスモス、人間の体も同じ。ただ短サイクル。人間の体は約六十兆個の細胞でできている。そのうちの数千億個が毎日死んで、逆に新たにできてもいる」

「新陳代謝ですすな。加齢とともに死ぬ細胞のほうが多くなりますな」

角田老人が悲観的なことを言った。

「細胞より小さいものを、分子……」

「原子、量子かあ……最近では観測設備で、カミオカンデができて、場の量子力学の学者が参っている。学問には、そういうのって時おりありますよね。文学でも〝明月記〟をやっていた学者が、まさかと思う本物が、冷泉家《れいぜい》の蔵から出てしまって、アチャーってなったり」

と、恒夫クンはなかなかの博識であった。

「さて、その宇宙というのは、仏教のね。どういうものかと考えた。それがこれなの」

と応接間にかけてある額を指差した。

それは、曼荼羅であった。

「時輪《じりん》（カーラ・チャクラ）タントラの曼荼羅で、時輪タントラというのは仏教の歴史のなかでも、後期にできた密教の経典、それを図像化した曼荼羅なんだけど、母タントラ、父タントラ、秘密集会《しゅうえ》、不二《ふに》タントラ、不二タントラから時輪タントラが出た最後の密教で、ダライ・ラマ十四世は、この時輪タントラの灌頂《かんじょう》という儀式をスイスで行い、さらに欧米で行ったから、欧米ではチベット仏教が一気に弘《ひろ》まっていった」

「和尚さんは密教なんですか？」

恒夫クンが訊《き》いた。もっともである。

「いや、禅宗だよ。臨済宗。でも全宗《ぜんしゅう》っていうぐらい、宗派なんかに拘泥《こうでい》していないよ。仏教で、悪い宗派というのはないよ。もとはといえば真言宗以外は、みんな天台宗の出身宗派」

「鎌倉仏教ですね」

「そう。兼学していたものが、専修になった。鎌倉期の新興宗教だね」

「そう考えると、平安仏教の前は、奈良仏教で、南都仏教……その前は大陸からの輸入宗教ですものね」

と好子さんが頷いた。好子さんは『法華経《ほけきょう》』が好きだという。

『法華経』は〝経王〟といわれるぐらいに完成された経典であって、『般若経』とならんで、大乗経典の代表といってよいもので、禅宗でも読誦する。

とくに曹洞宗では『十仏名《じゅうぶつみょう》』という短い経のなかに、十一仏名として『法華経』を加えているほどである。

もっとも、禅宗は坐禅を本旨として、所依の経典をもたず、習慣によって経典を読誦しているという考え方がある。

「でだね、この時輪曼荼羅を見てもわかるように、仏教の世界観、宇宙観では四方を海に囲まれた中に、あるいは海中にということを言う人もいるけどね」

「プラトンのアトランティス（Atlantis）伝説だ」

すかさず恒夫クンが言った。

「なるほどね」

忽然は頷いた。

若者から、ときどき、忽然ははっとすることを聞くことがあった。

「この中央の四角い山を須弥山《しゅみせん》というんだよ。聖なる山でね、ここで天地が出会うといわれているんだ。この曼荼羅は真上から見ている」

「平面図ですね」

角田老人が言った。

「『メール山』といったり、『スメール（Sumeru）』とインドでは言うんだけど、〃ス〃は、美しい、見事さをあらわす接頭語。太陽と月は、毎日、須弥山の周囲を周回するというんだね。漢訳では〃妙高山〃と言うんだけど、日本では浸透していないようだね。お寺の須弥壇は、この須弥山を真似たものと言われているよ」

「それで須弥壇ですか。高価なものなんですってねえ」

好子さんは時おり主婦感覚に戻るくせがあった。

「そうよ、高いの。山でなくって値段……」

劫照が呼応した。

「高さは十六万八千由旬《ゆじゅん》（ヨージャナ yojana）、一由旬は約七マイル。九マイルという説もある。計算するか？」

「いいです」

と一同が声を揃えた。

「周囲を鉄囲山《てっちせん》（チャクラヴァーダ、輪囲山・金剛山とも）という山脈が環状で囲んでいて、その中に九山八海四大陸がある。ちょっと書いてあげよう」

と忽然は、参考資料とメモ用紙を取ってきて、次のように書いた。


「九山」（須弥山を中心に七山と外郭の一山）

1　須弥山（金・銀・瑠璃《るり》・玻璃《はり》、または金・水晶・ルビー・エメラルドでできている）

2　持双（ユガンダラ）
3　持軸（イーシャーダーラ）
4　朅地洛迦（カディラカ）
5　善見（スダルシャナ）
6　馬耳（アシュヴァカルナ）
7　毘那怛迦（ヴィナタカ）
8　尼民達羅（ニミンダラ）
　2―8までで七山
9　鉄囲山（チャクラヴァーダ）
　ニミンダラの外側に四大陸

「八海」九山の間に各々《おのおの》一海があり、八海のうち七海が内海で、一海が外海。四大陸は、この外海の中にある。

「四大陸」
北＝ウッタラクル（倶盧洲《くるしゅう》）
西＝アパラゴーダーニーヤ（牛貨《ご け》洲）
南＝ジャンブドゥヴィーバ（贍部《せんぶ》洲・閻浮提《えんぶだい》洲）
東＝プールヴァヴィデーハ（勝身《しょうしん》洲）

と書き終えてから、忽然は、

「人間が住んでいるのは、この四大陸のうちの閻浮提洲なんでね、通称、南閻部とか、南贍部と呼ばれている。だから、人間のことを南閻部の身体を持つ者と呼ばれている。この時輪タントラの曼荼羅には入っていない。もっと古い時代の思想かもしれないな。あるいは、そういう曼荼羅もあるのかもしれない。曼荼羅にするときは南を下に描くの。四大陸はそれぞれ形が決まっていて、南閻（贍）部が逆三角形（▽）、勝身（東）が半月形（◗）、倶盧が四角（□）、牛貨が丸（○）の形で、三角形の一辺が二千由旬だというんだね」

「なんでそういう形にしたんですかね？」

角田老人が、不思議に満ちた顔で訊《き》いた。

「この形を集めると、四大、地・水・火・風になるんだよ」

と忽然がメモ用紙に、次のように書いた。

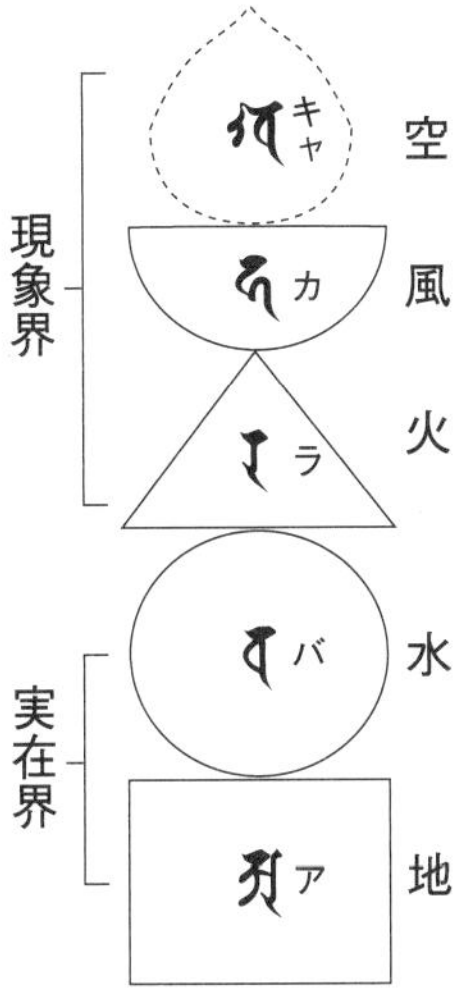

「あっ！　五輪の塔だわ」

「そう。好子さんの言うとおりでね。ただ空《くう》の宝珠形はない。おそらく、空は中央の須弥山のどこかにあるのかもしれない。逆に空は虚空の状態として加えてなかったかもしれない。のちに空が加えられて五輪になったのだけど、この輪（チャクラ）というものが重要なことになってくるんだね。人間、南瞻部の身体を持つ者の五つの要所になっていくの。上手く考えてあるんだよ」

「僕、聞いたことがあるぞ。オーン・アー・フーン・スヴァー・ハーの五か所だ」

　と恒夫クンが言った。興奮した顔になっていた。

「チベット医学の考え方というのは四部医典といって、ギュー・シというんだが、四部のうち後半の二部は、アーユルヴェーダに酷似している。チベット医学はチベット仏教を修養しなくては学びようがない。あらゆるところで、医学と仏教が混在している。その中心にいるのはメン・ラと呼ばれる薬師如来なんだね。薬師如来と釈迦如来はほとんど同じ姿をしている。違うのは、薬師如来は左手に薬壺《やっこ》を持っているということだけ」

「その薬壺の中にはなにが入っているのかしら?……」

「ミロバランノキの実ですよ」

と忽然に代わって、劫照が答えた。女性は、食物や、薬のことには強いのである。

2

「梅干のタネの二まわりぐらい大きい感じで、香りは、カレーライスとほとんど同じね。インドでは珍しくもない木だそうよ。でも、薬の中の薬なんですって。きっと万能薬なんでしょうね」

「さすがは庵主さん」

「うん、よくご存知だ」

好子さんと角田老人にほめられて、劫照は満更でもない顔になった。

「ちょうど、お昼ね。カレーが作ってあるのよ。食べていって」

と台所に立った。急にサービスがよくなった。

「薬師如来は、釈迦如来の医の分光であるという考え方に立脚しているんだね」

「僕、なにかの本で読んだんですけど、釈迦は仏教と同時に、医学や生理学を弘《ひろ》めたと言いますね。ニーチェは〝仏陀は生理学者で、仏教は衛生学である〟と言ってるぐらいです」

「なかなか勉強しているなあ」

角田老人が首を振って感心した。

「アーユルヴェーダはフィジカル（肉体的）な知識体系である。仏陀はこれをメタフィジカル（肉体を越える）に編成がえして新興宗教、つまり仏教をつくったという考えを述べている人もいます」

「そのとおりだね。仏教の原点は、かなり生理学的なものだというのは『倶舎論《くしゃろん》』や『方広大荘厳経《ほうこうだいしょうごんきょう》（ラリタヴィスタラ）』などを勉強してみると、いずれも医学的というか、生理学的というか、人間の体を徹底的に研究していることがわかるよ。たとえば、ここからが本題なんだけど、『方広大荘厳経』というのがある。この経典は、釈迦が兜率天から下生《げしょう》して、摩耶夫人《まやぶにん》の母胎《もたい》に入り、やがて成道するまでを描いた仏伝文学なんだけど、その成道の時、瞑想して『十二因縁』を正覚する。『四諦の法門』の〝生・老・病・死〟苦を含めて、〝苦集滅道《くじゅうめつどう》〟を静慮《じょうりょ》したんだな」

「菩提樹下での禅定《ぜんじょう》ですね」

と角田老人が言った。

角田老人は、坐禅も真剣に修行しているので、すぐに釈迦の成道についてを言った。

禅宗では、その釈迦の成道にちなんで、臘八《ろうはつ》大接心といって、七晩寝ないで坐禅をする〝雲水殺し〟と呼ばれる修行を行うのである。臘月というのは陰暦の十二月のことをさしている。それの八日という意味である。

「その成道をしていない釈迦、如来以前の釈迦を『方広大荘厳経』やフランス語訳されている『ラリタヴィスタラ』では菩薩（ボサツ）と呼んでいますが、その釈迦は、菩提樹下で瞑想もしくは、禅定に入りますと、瞑想中に種々の魔軍が押し寄せて、釈迦の禅定を迫害して、成道を邪魔立てしてします。なかには、艶《いろ》仕掛けで邪魔をしてくるものもおります。それらの艶仕掛けを含めた魔軍は『速去《しっこう》』（去れ！）と、手の甲を外側に向けて、地に触れた。これを『触地印《そくじいん》』あるいは『降魔印《ごうまいん》』というんだけれども、『方広大荘厳経』の『降魔品』第二十一にその場面は登場しますが、迫力がありますよ。一大ドラマだね」

「釈迦の瞑想内での一大ファンタジーですね。確か〝リトルブッダ〟という映画になっていますよね。僕も観ましたけど、その降魔の場面は特撮を用いていて、迫力がありましたね。映像化すると、〝リトルブッダ〟のようになるのかな、と思います」

と恒夫クンが言った。

「私も観たけど、よくできていたよ」

と忽然も応じた。

「魔王波旬《まおうはじゅん》の命令で、魔軍を派遣していたのだけどね。敗壊すると、波旬の軍に向かって、釈迦を外護《げご》する地神が出現して、冷水を魔王に灑《そそ》いで、『汝魔波旬《なんじまはじゅん》、速《すみや》かに疾《と》く起《た》ちて、此《こ》の処《ところ》を去《さ》れ。当《まさ》に種種《しゅじゅ》の兵杖有《へいぢょうあ》り、来《きた》って汝《なんじ》を害《がい》せんと欲《ほっ》す』と厳々《げんげん》に言うんだね。その時、魔王の長子、息子だね。彼が釈迦菩薩の前において、頭面《づめん》に足《あし》を礼《らい》して、次のように言うんだ。『大聖《たいせい》、願わくば聴《ゆる》したまえ、我が父懺悔《さんげ》を発露《ほつろ》す。凡愚浅劣《ぼんぐせんれつ》にして、猶《なお》、嬰児《えいじ》の如《ごと》く智慧《ちえ》有ること無し。諸《もろもろ》の魔衆《ましゅ》を将《ひき》いて、大聖《たいせい》を恐怖《くふ》す。我先に諮諫《しかん》せしかども、我が語を受けざりき。今乞《いまこ》う、大聖、我が父を寛恕《かんじょ》したまえ。惟《ただ》願わくば大聖、速かに阿耨多羅三藐三菩提《あのくたらさんみゃくさんぼだい》を証《しょう》したまえ』と父に代って深く詫《わ》び、魔王波旬《まおうはじゅん》は、眷族《けんぞく》とともに自宮《じぐう》に退散《たいさん》する、というのが降魔の場面だね」

「阿耨多羅三藐三菩提というのは、無上正等正覚で、この上の悟りはない如来の悟りですよね」

と好子さんが勉強熱心なところを見せた。

「そう。それは、この降魔の後で、十二因縁のすべてを悟ることで得て成道、釈迦菩薩から、釈迦如来になっていくんですね。それには、仏教のもう一つの世界観、『十界』を知っておく必要があるんですが、それは私が説明するよりも、この本に、整理された表があるので、これで一目瞭然でしょう」

と言って、『禅苑雑記牒・雛僧要訓』（五十部令脩著、臨済宗連合各派布教師会刊）の『十界』の表を見せた。それは、次のようなものであった。

「なるほど、これなら和尚さんの言うように、一目瞭然だな」

と角田老人が表を見て言った。

「この表のうち、六凡というのが輪廻転生をするランクなんだよ。六趣輪廻とか、六道輪廻とかいうでしょ。その上が〝四聖《しせい》〟で、菩薩までを〝三乗〟といってる。菩薩は、多くの衆生を救う修行をしている身で、大乗なんだけど、その下の縁覚・声聞は〝一乗〟といって、自分だけ悟って、その境涯を楽しんでいるので、小乗ですな。阿羅漢といったりもする。自分勝手だから、輪廻転生のサイクルを脱出、解脱《げだつ》というん

十　界

<table>
<tr><td rowspan="4">四聖（聖者の世界）</td><td>仏</td><td>buddha</td><td colspan="7">さとりの世界</td><td rowspan="4">無漏（さとり）の浄土</td></tr>
<tr><td>菩薩</td><td>bodhisattva</td><td colspan="7">他者と共にさとりを得ようと願を起し修行したものの世界</td></tr>
<tr><td>縁覚</td><td>pratyekabuddha</td><td colspan="7">因縁を感じて独りさとりを楽しむ世界（小乗）</td></tr>
<tr><td>声聞</td><td>śrāvaka</td><td colspan="7">仏の教えを聞いてさとる世界（小乗）</td></tr>
<tr><td rowspan="6">六凡（凡夫の世界）</td><td>天上</td><td>deva 〈-gati〉</td><td>すぐれた楽を受けるが、まだ苦を免れられない世界</td><td>喜悦</td><td rowspan="6">六道輪廻</td><td colspan="2" rowspan="3"></td><td rowspan="3">三善趣</td><td rowspan="6">六趣（修羅を除き五趣）</td><td rowspan="6">有漏（迷い）の穢土</td></tr>
<tr><td>人間</td><td>manuṣya</td><td>苦と楽がなかばする世界</td><td>苦楽</td></tr>
<tr><td>修羅</td><td>asura</td><td>海底に住し、嫉妬心の深い世界</td><td>闘争</td></tr>
<tr><td>畜生</td><td>tiryagyoni</td><td>たがいに相手を餌食として生存し、苦の重い世界</td><td>愚痴《おろかさ》</td><td>血途</td><td rowspan="3">三途</td><td rowspan="3">（四悪趣）
三悪趣</td></tr>
<tr><td>餓鬼</td><td>preta</td><td>飲食の得られない飢渇の世界</td><td>貪欲《むさぼり》</td><td>刀途</td></tr>
<tr><td>地獄</td><td>naraka (niraya)</td><td>（八熱、八寒地獄）</td><td>瞋恚《いかり》</td><td>火途</td></tr>
</table>

だけど、そうしても、つまり解脱して悟っても、四聖の中でのランクは低いんだ」

「ボランティアをしないんだ」

と恒夫クンが上手いことを言った。若者的な解釈である。

「次にね、釈迦の成道を知るためには、さっき言った須弥山を、もう一度思い起こして欲しいんだ。さっきは平面図だったけど、高さがあるでしょ。その高さに応じて、やはりランクがあるの。それが、この表だよ」

と言って『禅苑雑記牒』(前出)の〝須弥山の三界〟を見せた。

「三界というのは、下から〝欲界〟〝色界〟〝無色界〟とあって、その中が、またいくつにも分かれているの。釈迦は下生《げしょう》する前は兜率《とそつ》天にいた。そのときの名は〝浄居《じょうご》童子《どうじ》〟といったんだけど、いつも梵天王が近侍して、守護していた。しかし、意外に低いところに住んでいたんだよね、表を見てみると」

その表というのは、次のようなものであった。

「この表はとても大切だから、コピーしてあげよう。憶《おぼ》えきれないでしょ」

須弥山の三界

<table>
<tr><td>無色界</td><td></td><td>四無色天</td><td colspan="2">非想非非想処天
無所有処天
識無辺処天
空無辺処天</td></tr>
<tr><td rowspan="4">色界</td><td rowspan="4">空居天</td><td>四禅天</td><td>色究竟天、善見天、善現天
無熱天、無煩天
無想天、広果天
福生天、無雲天</td><td rowspan="4">十八天</td></tr>
<tr><td>三禅天</td><td>遍浄天、無量浄天
少浄天</td></tr>
<tr><td>二禅天</td><td>極光浄天、無量光天
小光天</td></tr>
<tr><td>初禅天</td><td>大梵天
梵輔天
梵衆天</td></tr>
<tr><td rowspan="4">欲界</td><td>地居天</td><td>六欲天</td><td>他化自在天、化楽天
兜率天、閻摩天
三十三天（忉利天）
四天王</td><td rowspan="4">六道（天上人間修羅畜生餓鬼地獄）</td></tr>
<tr><td rowspan="3"></td><td>人間</td><td>四大陸</td></tr>
<tr><td></td><td>阿修羅・畜生・餓鬼</td></tr>
<tr><td>地獄</td><td>八大地獄</td></tr>
</table>

「無理ですよ」

と一同が言ったので忽然が、コピー機のある事務所に行った。

入れかわりに劫照が、カレーライスを運んできたので、忽然がコピーしている間に、昼食となった。

山寺であるから、町中のように出前などは取れないのであった。すべて劫照の手作りであった。

山寺の食輪は大変である。

坊主丸儲けなどという、下品な言葉は誰が言い出したのだろう。言った人が、山寺を経営してみたらよい。何日かで、ハダシで逃げ出すだろう。

全員、庭を眺めながら、カレーライスを食べた。

本堂の前のしだれ桜が、まだ花を残していて、時おり、花弁《はなびら》を舞わせていた。名残の風情《ふぜい》があった。

忽然もコピーを取って戻ってきて、カレーライスを食べた。

「こうしている分には平和だけどねえ」

　忽然が呟いた。

「うん。その間にも銃や爆弾で、戦争をしている国もある。折角、人間に生まれてきたというのに、くだらんことで死んでいく」

「あら、角田さん、和尚さんは、衆生は死なないと言ってるのよ」

「しかし、今生は終わるよ」

「そのとおりだな。人間の生活の根本は『苦《く》』なんだよ。ネクラな考え方だけど、真実なんだな。そこで菩薩の釈迦は禅定の中で、思念した。この『苦』は、何故なのかってね。苦は『無明《むみょう》』故だ。では、無明はどこから？　『行《ぎょう》』からである。では、行は？　『識』があるからだ。では識は？　『名色《みょうしき》』がある故だ。では名色は？　『六処《ろくしょ》』があるからだ。だったら六処は？　『触《そく》』があるから。触は？　『受《じゅ》』があるからである。受は、『愛《あい》』があるから。では愛は？　『取《しゅ》』がある故だ。取は『有《う》』があるから。有は『生《しょう》』から。そして『老死《ろうし》』となる、という十二の因縁を考えた。あ、食

因　縁

際			後　際	
世			来　世	
現　在　三　因			未　来　二　果	
愛	取	有	生	老死
性欲が生じても、いまだ活発に追求しない段階で、生後、十四、五歳からである。	成人し、社会で性生活をはじめとする、種々の活動をする段階。成人して死んでから次の生を迎えるまでの期間（「本有」→「死有」→「中有」→「生有」）と一番長い。	「臨終」→「死有」→「中有」→「中有」の死までの瞬間の段階。	現世の「識」に相当する瞬間の段階。	来世における「六処」から「受」までの瞬間の段階。

十二

中					前際	
現					前世	
現在五果					過去二因	
受	触	六処	名色	識	行	無明
感覚対象を弁別し、苦楽の原因を判別できるようになっても、いまだ性欲を感じない段階。生後四、五歳〜十四、五歳。	誕生。感覚は備わっていても、いまだ感覚対象を識別（弁別）し、苦楽の原因を明瞭に判別できない段階。二、三歳まで。	六つの感覚器官が備わる。	五蘊が経血と精液の混合物に吸着されてから「六処」、六つの感覚器官が形成されるまでの間（「本有」初期）。	死者の五蘊が、新たな母親の子宮に宿る受胎の瞬間（「生有」）。	前世になした善悪の行為と、それが「現世に果を生じるまでの」潜在的な余力。	無明とは、前世における煩悩にまみれた五蘊と定義される。

べながらでいいんだよ。罰《ばち》は当たらないから」

「和尚さん、難しすぎますわ。チンプンカンプンです」

好子さんがサジを投げた。カレーライスのサジである。

「うん、承知して言ってるんだよ。私が書いたんだけど、今度は、この表を見ながら聞いてごらん。『倶舎論』という経典（綱要書）の中のものをまとめて表にしたの」

と言って、次のような表を見せた。

「いいかね、これで十二因縁の用語の意味がわかるよね。釈迦はこれを、どこで考えたかなんだ。菩提樹下で禅定に入った釈迦は魔を降した後に、禅定、瞑想といってもいいけど、その力で、まず『初禅天《しょぜんてん》』からスタートして、グングン上に昇って行き、『非想非非想処《ひそうひひそうじょ》』までいって、ここの表にはないけれど、『滅尽定《めつじんじょう》』という最も高い処《ところ》まで昇った。

誰しもが、そこで十二因縁を瞑想したと思うだろうけれども、そうではないんだ。次に、今度は下降していって再び、初禅天に戻ってから、さらに、再び昇り始めて、

『四禅天《しぜんてん》』にとどまった。四禅天の『色究竟天《しきくきょうてん》』に、ピタリと止まって、十二因縁を、『順想』して、次に〃老死〃のほうから〃無明〃に向かって、『逆想』して、悟りを得た。位置関係を示すと、こういうことだ」

とメモ用紙に忽然が記していった。

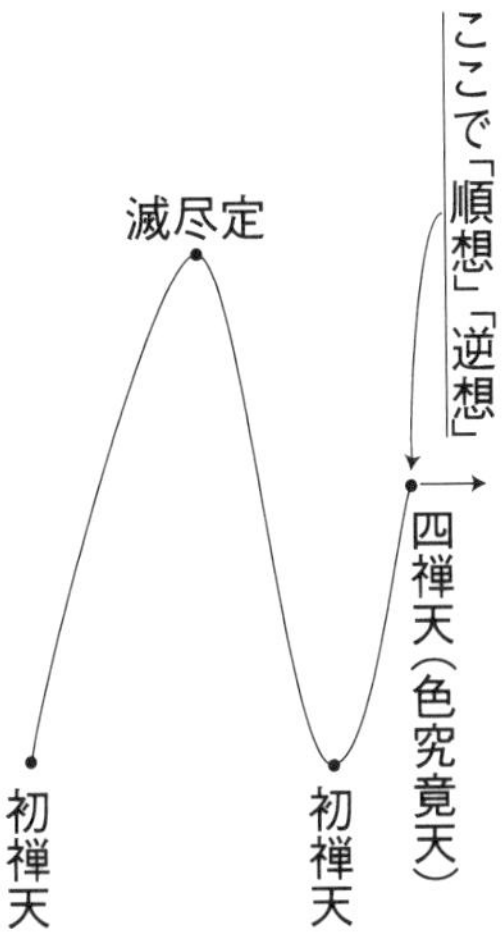

「こんなことは釈迦にしかできないよ。『ラリタヴィスタラ』『方広大荘厳経』という〃仏伝〃に記してあるよ」

3

「ふうむ……」

一同が、カレーライスの皿を抱えたまま唸った。

「食べながら聞いてください。『十二因縁』の表の一番上に、『前際・中際・後際』とあるのは、『倶舎論《くしゃろん》』や『倶舎論記』での言い方です。仏教では〃尽未来際〃などといって、今でも使ってます。区切り、境界線のことです。それを下の欄に一般用語で示してある『前世・現世・来世』で、言い方を変えると『過去世・現在世・未来世』で、『三世』だね。時間の区切り方です」

「時間軸になっているんだね」

角田老人が確認するように言った。

「ここで、過去に『二因』、未来に『二果』ありますね。『因』は原因、『果』は結果です。そして、現在には『五果』と『三因』があって、合計十二です。これを『三世《さんぜ》両重《りょうじゅう》の因果』あるいは『三世両重の因縁』というんです。今は、言葉だけを覚えてください。だんだんに恐くなりますから」

「ウソッ！――」

好子さんが、びっくりした声を上げた。

「嘘です……ハハハ……」

「んもう。おどかすんだからあ……」

「はい、そして『無明《むみょう》』。これは、前世における煩悩にまみれた〝五蘊《ごうん》〟と定義されますが、これだけではわからないよね。前世におけるというのは、一度人生を終えてるってこと。『一期《いちご》』を終えた。でも、その一期の中で、いろんなことをしてきているよね。絶対に善《よ》いことばかりではないし、また悪いことばかりでもないんだけど、そうしたことはすべて、自分自身の、身《しん》（からだ）・口《く》（ことばで語《ご》といってる宗派もある)・意《い》(こころ)の三つの業《はたらき》から生じているものなの。いつからとはいえないから〝無始〟です。その三つで、『三業《さんごう》』というの。その三業から、『貪《とん》』むさぼり、『瞋《じん》』いかり、『癡《ち》』おろかさという『三毒』を生み出してる。この三毒が『煩悩』です。その煩悩にまみれた『五蘊』、『色受想行識』という、脳や精神のメカニズム。それが、前世から引きずってきているよ、というのが無明です」

と言って、忽然も、カレーライスをひと口頬張った。

嚥下《えんげ》してから、

「うん……」

となにか思いついた顔になった。

「今食べたカレーライス、すでに喉を通って、口の中にはないのに、口の中には、カレーライスのおいしさが残っています。カレーライスは、もう、口の中にはないのにね。味の記憶が残っているんですよ。五蘊、色受想行識という、脳や精神のメカニックによって残っているんです。生命《せいめい》もね、色体という肉体が消失しても、脳、精神のメカニックは、カレーライスの残り味のように残っていくんだ。善悪は問うていない。

善悪は、次の『行《ぎょう》』によって、『前世になした善悪の行為と、それが現世に果を生じるまでの潜在的な余力』だよ。

前世だから過去だね。カレーライスも、食べてしまったら過去だ。しかし、美味しかった、という潜在的な余力が残っている。それが、次にまた、カレーライスを食べたいという思いを起こさせる。現在の果への、過去の因になっている。それが『行』だ。カレーの味が生命。それも、連続している生命だ」

「つまりは、『過去二因』ですね」

恒夫クンが、十二因縁の表を見ながら言った。

「そう。そして、『現在五果』に連結していくんだ。『過去二因』は、まだ『現在五果』の生命を受けていない。

どこにいるのかというと、『中有《ちゅうう》』という、前世の生命の終焉と、『現在五果』の、中間に位置しているので『中有』という。前世が終焉する瞬間が『死有《しう》』というんだ。

そして、現在に生を享《う》ける、受胎の瞬間を、『生有《しょうう》』という。受胎である『生有』から、次の『死有』までの間を『本有《ほんう》』というんだね。表にしてみるからね」

と忽然が、メモ用紙に、次のような図を書いた。

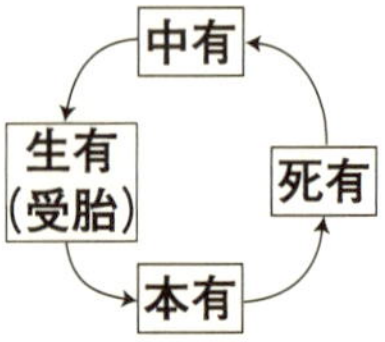

輪廻転生の
サイクル

その図を見て、

「なるほど。生命というものは、延々と途切れることなく繋がっているんだな。これでは、悪いことはしないほうがいい。自分自身のためにね」

と角田老人が言った。

「この『中有』というのがわからないわ。『死有』は〝死ぬ瞬間〟、『生有』は〝赤ちゃんがお胎《なか》に入った瞬間〟。そして、赤ちゃんが母胎《もたい》で成育していく時から、『死有』に至るまでの人生が『本有』なのね」

「必ず人間に生まれるという保証はないけどね。だから衆生、衆《もろもろ》の生きものと言っている。

そのために、僧侶は、葬儀や法事のときに、回向文《えこうもん》の中で『伏して願わくは、中有《ちゅうう》の幻身《げんしん》を転じて、速《すみやか》に人天果報《にんてんかほう》の善処《ぜんしょ》に生《しょう》ぜんことを』と故人に対して祈願するんだよ。

『中有《ちゅうう》』のことを、日本では『中陰《ちゅういん》』といっているほうが多いね。『満中陰回向文《まんちゅういんえこうもん》』といって『四十九日忌《しじゅうくにちき》』の法要で唱える。どうして四十九日かというと、中有の幻身は、七日ごとに、小さな死を迎えるんだ」

「え?　中有の中でも死んでしまうんですか?……」

角田老人が不安そうに訊《き》いた。

「そうだよ」

忽然が、ケロリとした表情で言った。

「このカレーライスね、小さな容器だったら、おかわりって言えるでしょ」

「まあ、そうですな」

しかし、納得はしていなかった。

「七日ごとに、小さな死を迎える中有の幻身は、再び中有の身体に必要な条件を身につけて、中有の幻身として現れるんだよ。だから、角田さんのように、心配することはない。必要な条件というのはね、ここで、さっき話をしたチベット医学のことに戻らないと、話がわからなくなる。チベット医学では、体の中には無数といっていい脈管が走っているというんだな。二種類あって、一本は血管、もう一本は神経管だという説がある。近代医学では、これにリンパ管であったり、血液中にも、赤血球、白血球、血小板、マクロファージやNKキラーといった免疫系や、内分泌系の物質があることがわかっている。しかし、私が言っていることは、紀元前四、五世紀にできた、古代インドでの仏教の話だからね。そのころにしたら、実によく研究されている。チベット医学のタンカ（掛け軸状のもの）には、医学の絵が残されていて、人体の解剖図や、医療器具、薬品、薬草類、手術方法等々の絵がある。

その中の人体図に、人間の体には三大脈管があるというんだね。中央脈管がウマ。これは風《ルン》というものを通している。中国の〝気〟のようなものだな。左がキャンマ、右がロマといって、胆汁《ティーパ》と、粘液《ペーケン》というものを通している。風《ルン》・胆汁《ティーパ》・粘液《ペーケン》のバランスがいいと健康だというんだね。

で、この三本の脈管は、五か所の輪《チャクラ》でまとめられている。恒夫クンが言ったように、OṂ《オーム》・Ā《アー》・HŪṂ《フーム》・SVĀ《スヴァー》・HĀ《ハー》で、OṂが王冠のチャクラ、Āが喉、HŪṂが心臓、SVĀが腹、HĀが会陰というんだが、会陰を、男女とも性器の基底部といっている者もいる。私も性器の基底部かなと思うけどね。

チベット仏教の人は、OM・A・HUMと唱えて合唱した手を先の三か所に当て
て、礼拝するんだよ。仏教と医学がいっしょになっている。日本も昔は寺院は病院で、僧侶は医師だった。それが分科していった。明治の太政官布告で、西洋医学を正式な医学とするといって、それまでの漢方医学を切り捨てた。これは明白失政だな。明治だからって、いいことばかりはやっていないよ。西欧の列強コンプレックスに悩みぬいていた。その顕在の一つだな。

ところで、『死有』、真の死の時には、〝死の光明〟という映像《ビジョン》が見える、と『無上瑜伽タントラ』や、ゲルク派の『死者の書《クスムナムシャ》』というのに載っている。NHKが放送したのは、ニンマ派の『死者の書《バルド・トゥドル》』で、〝枕経〟みたいなものだ。内容が違うよ」

「そうなんだ……」

と恒夫クンが、がっかりした声を出した。

「チベット仏教には、ゲルク派・ニンマ派・サキャ派・カギュー派と四派があるんだ

よ。ダライ・ラマ十四世は、ゲルク派出身で、ゲルク派が正統派かな。日本にもいくつも宗派があるでしょ。人が集まるとセクト化するのはどこの国でも、なんの世界でも同じだよ。政治家のセクトを批判できないな」

「会社にもあったものな」

と角田老人が言った。もう、とうに停年になっている。

「さて、〝死の光明〟、真の死となった時には頭頂から、父からの白い精液が下がってくる。そして、性器の基底部から母の赤い精液が上昇していく」

「赤い精液ですか？」

「恒夫クンが不思議に思うのも当然だな。多分、経血からの連想による、女性の象徴だろう。赤い精液の中には卵子も含まれているだろうし、白い精液には精子も含まれている。この両者が心臓のチャクラで合体して、それまでは一切使われていない中央脈管に混入して、微細な滴《テイグレ》となって、風《ルン》を乗りものとして、胸から放光する。その微細な滴《テイグレ》の形というのは、上が白、下が赤のお椀を合わせたようなもので、その中心部に、青黒いものが入っている。この青黒いものは……」

「なんですの？」

好子さんが身を乗り出した。これらのことは、『法華経』には書いてない。釈迦の教えは八万四千《はちまんしせん》の法門といって、厖大なものなのだ。

「『識』です。意識という明瞭な意図のない、『識』ですね。微細だから、金剛石で破砕しようして壊れないし、微細だから、どんなところでも通り抜けられる。それは一定期間、胸のチャクラにとどまっていたかと思うと、震えて、わずかに揺れる。それと同時に、その心は、光明の中から起き上がって肉体（死体）の外に出る。

ひとたび外に出ると、『業《カルマ》』の力によって、二度ともとの肉体には戻れない。したがって、ゾンビというのはないね。古い肉体は洋服のように脱ぎ捨てられる。セミが脱皮した殻に愛着を抱かないようなものだな」

「それが『中有』ですか？」

「そう。好子さんは相変わらず理解力がある。

この中有を成就することと、〝死の光明〟から離れることは、秤《はかり》の両端の高低のように同時であると、『倶舎論《くしゃろん》』『五部地論《ごぶちろん》』（『瑜伽師地論《ゆがしじろん》』）『大乗阿毘達磨集論《だいじょうあびだつましゅうろん》』等に記されているよ」

「和尚さんの勉強好きには降参だなあ。山寺に置いておくのがもったいないよ」

「山寺にいるから勉強できるんだよ」

「そういう考え方もありますな」

角田老人がカレーライスを食べ終えて、コップの水を飲んだ。

「中有の者は、さっき言った『四生』の中の〝化生〟なんだよ。ここに出てくる。化生であるために五支分（手や足）、さらにその先の〝分支〟（指・爪）などのすべての『根《こん》』が同時に成就するという特徴をもっているんだな」

4

「中有の身体を持つ者は、次に入るべき色体《しきたい》（肉体）を探して、凄い勢いで動き廻るんだよ。中有の身体を持つ者の別の名前を、ガンダルヴァ、乾闥婆《けんだっぱ》という。乾闥婆というのは釈迦の眷族《けんぞく》の八部衆の一人で楽士ということなんだけど、実は、中有の幻身なの。好子さん、『法華経』の観音経の長行《じょうごう》（散文の部分）に出てくるでしょう」

「はい。でも中有の幻身とは思いませんでした」

「もっと別の名がある。『食香《じきこう》』というの。香の香りと烟《けむり》を食べものにしている。われわれのように形色《ぎょうしき》（形状）や、顕色《けんじき》（色彩）のある眼に見える食物、これを『段《だん》食《じき》』というんだけど、そういうものは化生《けしょう》だから食べられないの」

「それで、通夜・葬式・法事には焼香するんですな、ご供養として……」

と角田老人が、はたと手を打って言った。

「そのように『倶舎論記《くしゃろんき》』に書いてありますよ。この『倶舎論』というのは、四、五世紀ごろの北西インドの僧で、旧訳《くやく》では天親《てんじん》、新訳では『世親《せしん》（ヴァスバンドゥ＝Vasubandhu）』の作でしてね。ほかにも『唯識《ゆいしき》二十論《ろん》』『唯識三十頌《じゅ》』『浄土論《じょうどろん》』などの論書の作者で、このくらいの人になると〝世親菩薩〟と呼ばれる。〝唯識説〟の大家です。日本では南都仏教に多大な影響を与えていて、学問仏教と呼ばれた南都（奈良）仏教では、唯識を修養するのは『法相宗《ほっそうしゅう》』で、京都の清水寺《きよみずでら》は、枝分かれして、『北法相宗《きたほっそうしゅう》』となっていますね」

「清水寺って南都仏教系なんですかぁ」

「観光寺派とでも思った？」

「そりゃあいい」

角田老人が笑った。ユーモアを解する老人であった。

「ほかに『倶舎宗』というのもある。いかに世親の影響があったかで、平安期には『倶舎論』が大流行して、僧侶の誰もが『倶舎論』を修学したというね。あの弘法大師・空海も、しっかり『倶舎論』をやっている。筑摩書房から出版されている『空海全集』全八巻には、それが載っている。世親ははじめ小乗をやっていたのだけれども、兄の無著《むじゃく》に大乗を勧められて、大乗に転向した。この兄の『無著（アサンガAsaṅga）』という人も、無著菩薩と呼ばれる人で、今のペシャワールの人です。瑜《ゆ》伽《が》・唯識の教えを弘《ひろ》めた。弥勒《みろく》に師事したというのは、伝説の類《たぐい》だと思うけど、著作には『摂《しょう》大乗論』『金剛般若経論』がある。ところでガンダルヴァ、食香、中有の幻身、もっといえば、中有の身体を持つ者のことだったね。幻身で、微細な滴《ティグレ》でできた身体だから、『本有』、つまりわれわれには、その体は見えないけど、ガンダルヴァのほうからは見えている。食香で、香の香りと烟《けむり》を食べている。乾闥婆《けんだっぱ》ともいうのだけれど、『観音経』の長行《じょうごう》にも、『天《てん》。竜《りゅう》。夜叉《やしゃ》。乾闥婆《けんだっぱ》。阿修羅《あしゅら》。迦楼羅《かるら》。緊那羅《きんなら》。摩睺羅伽《まごらか》。人非人等故《にんぴにんとうこ》』とあるので『禅学大辞典』を引いたら、『乾闥婆（ガンダルヴァ＝gandharva）尋香・食香・嗅香とあって、①竜八部衆の一で、緊那羅とともに、天帝釈天に仕える。香を食べて生きるという。『智度論』、②西域の舞楽児。③中有における五蘊のこと。釈迦の眷族で、天竜八部衆の一人だがなあと思っていた。役割は舞楽で、緊那羅も楽師、迦楼羅はガルーダという鳥で、金翅鳥・妙翅鳥と訳される。摩睺羅伽は、大蛇・地竜と訳され、楽神ともされている。釈迦はともかく音楽、妙音好きなんだよ。しかし、その眷族は、あまり、まともなのがいないのね。その中の一つで、中有の五蘊のことだというからね、なんのこっちゃと思いましたよ。そしたら、その謎が解けた。『方広大荘厳経』で、釈迦菩薩が降誕したとき、その世界は、花という花が舞い散り、咲かぬ花はなかった。そして、『誕生品第七』に、『三千大千《さんぜんだいせん》世界《せかい》（全宇宙のこと）の所有《いわゆる》非時《ひじ》の薬木《やくぼく》、皆《みな》悉《ことごと》く栄茂《えいも》し』と釈迦が、すでに〝医薬《いやく》王《おう》〟であることを示し、誰も触らないのに楽器が鳴り出し微妙《みみょう》の音《ね》を出《いだ》す、とある。楽器が、ひとりでに音楽を演奏し出したというのである。そんなことはありえないので、人の眼には見えない、中有の幻身、乾闥婆たちが楽を奏したのだ、と理解したのですけどね」

「音楽忍者隊乾闥婆、ということですかね」

と恒夫クンが笑って言った。

「巧いこと言うなあ。そう。それで楽器が、誰も触らないのに、ひとりでに鳴り出したということなんだよ。ガンダルヴァの仕業だな」

「釈迦の眷族ということは、釈迦を護り、護られているということですな、中有の幻身は」

と角田老人も笑って言った。

「だったら、釈迦を祝福し、祝福されてもいる存在が乾闥婆ことガンダルヴァで、中有の前世の煩悩にまみれた、色受想行識の五蘊なのね」

と好子さん。みんな忽然和尚の言わんとしていることがわかっているようであった。

「その中有の幻身《ガンダルヴァ》は、条件が整った、次の生の身体を探すべく、多忙に動き廻るんだ。香の香りと烟《けむり》を供養されているガンダルヴァほど、栄養がゆきとどいているから元気に動き廻る。ガンダルヴァが食べられる香りと烟は、そのガンダルヴァの名前を呼ばれて、専用に捧げられたもの、供養されたものしか食べられない。供養されているガンダルヴァは『ピトリ』というの。ガンダルヴァの孤児、供養されていない者は『プレータ』といって『餓鬼』になるしかないの」

「ヤダあ！……」

と好子さんが身をよじった。そして、

「名前を呼ぶって言いましたよね」

と不安そうに訊《き》いた。

「誰だって名前あるでしょ。その世界に入ったら、その世界の。大相撲なら〝四股《しこ》名《な》〟。芸能界なら〝芸名〟。作家は〝筆名〟。画家は〝画(雅)号〟。水商売なら〝源氏《げんじ》名《な》〟。昔は子供の時の名を〝幼名〟といった。元服して、大人用の名を付けてもらう。当然、中有での名もある。それが『戒名《かいみょう》』でしょう。戒名で呼ばれなかったら、自分が誰か、呼ばれている人がわからないから、いくら香を焚いて供養しても、当人は食べられない。だから、俗名で葬送したら、中有で餓死するというか、『プレータ』、餓鬼になっちゃう。そういう葬式もしてるけど、いちいち注意できないでしょ……」

「恐《こわ》すぎる！――」

「見送る家族の心がけしだいでしょ。運よく、この話を聞いていればいいけど」

「もう、本当に、恐いわ！――」

「次はおもしろいよ。ガンダルヴァが、自分はオーケー、準備が整いました、となると、ある奇妙な光景を見るんだよ」

第二章

1

「どんな光景ですか？」

恒夫クンが訊《き》いた。

「『大楽《たいらく》』の光景だよ。〝死〟というものを冷静に、寂静《じゃくじょう》に見つめていくと、〝タナトロジー〟で、究竟《くきょう》すると、『空性《くうしょう》』という悟《さと》りの道《みち》を観察することになる。しかし、タナトロジーだけだったら、南瞻部の者の種は絶え果ててしまう。そこで、男女の和合が必要になる。それが『大楽』、〝セクソロジー〟だよ。〝死と性・性と死〟によって、南瞻部は成立している。恒夫クンも、やがて大学生だから理解できるよね」

「はい」

「ガンダルヴァは、突如、父と母のセックスシーンを大アップで見る」

「大アップ……ですか？」

「そう、大アップだ。父と母の性器だけが映ずるんだよ。ほかのものは一切見えない。顔も体もだ。だから、和合しているのが、どういう生きものかもわからないんだよ」

「あ、そういうことか。ファックしているのが、人間か犬か、馬か、アヒルか、なにもわからず、行為中の性器だけが、ガンダルヴァの視界いっぱいを占領しているんですね」

「そのとおり。『楽』には、『四歓喜《しかんぎ》』というものがある。後期密教の考えで『ヘーヴァジュラ』の教えです。『四歓喜』の前に『四刹那《しせつな》』というのがある。

ときに恒夫クンは、童貞か？」

「いえ……」

と首を左右に振った。

「『ヘーヴァジュラ』の第一儀軌の第一章には、脈管《ナーディー》とその内容物が、次のように説かれているんだ。『ララナーは般若の自性をもち、ラサナーは方便の自性で住する。

アヴァドゥーティーは中央にあり、所取能取を離れている。ララナーは阿閦如来《あしゅくにょらい》を運び、ラサナーは赤を運ぶ。かのアヴァドゥーティーは、般若と月を運ぶと称せられる』隠語だらけでわからないと思うがね。詳しく知りたかったら田中公明氏の『性と死の密教』を読むといい。春秋社から出ている。私のは、それの受け売りだよ。ちょっと難しい本だけど、おもしろい。私は田中公明氏のファンなんだよ。で、阿閦如来というのは仏の名だけど、〝精液〟をさしている。赤は〝血液〟、般若と月は両者の混合物だ。となるとララナーは男性で、ラサナーは女性。精液は『世俗の菩提心』と呼ばれている。無駄にするなよ」

「そうだ、まことに尊い」

角田老人が忽然に同調した。すると、好子さんが、

「私は赤ですか」

とむくれた。

それを忽然は無視して、言った。

「射精を抑制しながら脈管《ナーディー》の下端、つまり性器の基底部に生じた快感を、次第に上のチャクラに上昇させるテクニックが重要視されるようになる。腹部の輪《チャクラ》、心臓のチャクラ、喉のチャクラ、頭頂（王冠）のチャクラ。性器の基底部のチャクラは、多忙なので加えない。これが『四輪』だ。この四輪は、腹が変化輪。心臓が法輪。喉が受用輪。頭頂が大楽輪だ。『大楽』といった意味がわかるだろう」

「はい」

恒夫が答えた。角田老人も好子さんも無言であった。

これも性器を加えず下から、変化輪は『応身』。法輪は『法身』。受用輪は『報身』。大楽輪には配当される身はない。当時も今も『三身観』というものしかないからで、如来の呼び方だ。大分後になって『倶生身《くしょうしん》』というのができた。

これらに『四刹那』を対応、配当すると、やはり下のチャクラから『種々（ヴィチトラ）』『異熟（ヴィパーカ）』『摩擦（ヴィマルダ）』『離相（ヴィラクシャナ）』ということになる。

ララナーとサラナーの接触が『種々』。挿入が『異熟』。相互に摩擦するのが『摩擦』。放つ歓喜、注がれる歓喜が『離相』だよ。

くどいようだが、これに『四歓喜』を配当すると、下から『歓喜』、接触だ。『最勝歓喜』、挿入。『離喜歓喜』、抽送摩擦だ。『倶生歓喜』、ララナー、サラナーが倶《とも》に到達ということだな。

そして、これらの行為は、すべて、生きものとして〝清浄〟である。故に、これは〝菩薩の位〟である。

いやあ、密教も、仏教も、いや密教も仏教なのだが、一歩誤ると、とんでもなく危険なものになる。日本でも、真言立川流などという禁教が出たがね。密教の危険性を一番熟知していたのは、ほかでもない、空海その人だったと思うよ」

「いやあ、仏教の真髄というのは、とんでもないものですな。戦前だったら、特高警察に逮捕されてしまう」

「角田さんの言うとおりでしょう。本来大らかであった仏教が、徳川期で、武官を文官にするために、極端にストイックな生活や思想を強いた。その思想に都合がよかったのが、ほかでもない儒教です。儒教と仏教を混淆させて、日本仏教をつくった。そのために、臨済の沢庵禅師なども、品川の巨刹、東海寺の開山和尚にさせられて、家光のためにに骨を折らされている。残念ながら東海寺は焼失しましたがね。つづけて明治政府から戦前まで、ストイックでなかった時代はない。そして、今や二十一世紀です。本来の仏教の姿になってもいいと思うのですが、本来の仏教が、もはやわからなくなっている。

『方広大荘厳経』というのは、釈迦の仏伝文学だと思うのですが、『ラリタヴィスタラ』という原題で、梵語からフランス語に訳されている。それを邦訳したものが『ブッダの境涯』という和名で出版されましたが、東方出版から出版されてます。訳者は溝口史郎という先生で、大正十四年生まれのお医者さんです。専攻分野が〝人体解剖学〟一般なんですね。年齢といい、お立場といい、僧侶としては〝やられたな〟とい

う感じで、ひたすら頭の下がる思いです。坊主がやらなくてはいけないことですから
な」

「なるほどねえ、そういう偉い先生もいらっしゃるんだ」

「ところで、ガンダルヴァに戻ると、今言ったような『四歓喜』の和合の性器の大アップを見る。すると、ガンダルヴァは、自分の意《おもい》は関係なく、この行為に参入したくなる。参入したときに、父に嫉妬を感じると男に生まれ、母に嫉妬を覚えると女性になって誕生する。

そして、思いきり、抵抗のしようもないほどに、母の子宮に吸引、吸着されていく」

「受胎ね」

好子さんが頷いた。

女性特有の感性で、その瞬間がわかったようである。

「私、子供三人産んでますもの」

「感覚でわかるんですなあ」

角田老人が感心して、無精ひげを撫でた。

「女性のね、母胎《もたい》は、まさしくコスモスですよ」

「私、変な話を聞いたことがあるんですよ。ある婦人科医が母胎から胎児に震動を与えているのを電子顕微鏡で捉えて、その震動をグラフ化した。同じころにある天文学者が、宇宙の一角で震動しているのを電子望遠鏡で捉えて、同じく震動をグラフ化した。

この両者のグラフを突き合わせたら、波形がピタリと一致したというんです。これは偶然とは言えないでしょう」

角田老人が言うと、恒夫クンが、

「『共振する世界』という本じゃないですか、ボクも読んだことがある」

「『アーナーパーナサティ』『大安般守意経《だいあんぱんしゅいきょう》』で、『釈尊の呼吸法』（春秋社）というのも、村木弘昌氏が書いておられますが、やはり医師です。医師の側からの仏教へのアプローチというのは、大変に多いです。最終的に、精神的に、仏教に落ち着くということがあるのかもしれませんな……」

と忽然が頷いた。

「好子さんがおっしゃるように、受胎です。これが十二因縁の三番めの『識《しき》』です。これを『生有《しょうう》』とする人もいます。この瞬間に〝中有の身体・ガンダルヴァ〟は消滅するんです」

「受胎のときから『本有』が始まるんですね」

「そう。『生有』は受胎の瞬間だけです。その後は、胎内といえども『本有』です」

「母の責任て重いのねえ」

「『識』から現世で、『現在五果』といって、過去の因が、ここの『現在五果』で結果となってくるのです。

『識』で〝受胎〟し『本有』となっても、すぐに、たとえば人間だとして、その条件が揃いきるわけがないので、六つの感覚器官が備わるまでのブリッヂの期間が『名《みょう》色《しき》』です。『名』が〝受想行識〟の四蘊で、『色』はそのまま色です。色というのは〝眼に見えるもの〟のことを言います。次のような表になりますね」

と、忽然が再びメモ用紙に表を書いた。

眼	耳	鼻	舌	身	意	（六根）	十二処
⟷	⟷	⟷	⟷	⟷	⟷		
色	声	香	味	触	法	（六境）感覚対象	

この『十二処』、眼という自身の『根』と、山や川など眼に見えるもの。この両者があって『眼界』という世界が生まれる。それが六つずつで『十二処』である。

やがて、こうした感覚器官がすべて揃うと、『六処』となる。

ここまでを、『胎内五位』という考え方をするんだね。ここにくるまでに、いろいろな生きものの形態となるんだ」

「私、それ、お医者さんで聞いたことがあります」

2

「赤ちゃんは、お母さんのお胎《なか》の中で、恐竜や、魚や、鳥を経験してくるって。仏教って大昔にできたのに、よくそんなことがわかりましたね」

「とても生理学的ですよ」

と好子さんと恒夫クンが言った。

「胎内五位が終わって、やがて誕生すると『触《そく》』なんだが、感覚は備わっていて、まだ感覚対象である『境』や『十二処』が弁別できない。そして、苦楽の原因を明瞭に判別できない。だから、火をつかんで熱いとわかって離して泣く。誕生から、二、三歳ぐらいまでかな」

「それが『触』で、次の『受《じゅ》』になると？……」

好子さんが訊《き》いた。

「感覚対象を弁別し、苦楽の原因を判別できるようになっても、まだ性欲を感じない段階だな。生後四、五歳から十四、五歳っていうけど、現代は早熟だからね、何割か引いたほうがいい。

次が『愛《あい》』で、性欲を感じても、活発に追求しない段階。ミドルティーンかな」

「そして『取《しゅ》』ですな。表によると、成人し、社会で性生活をはじめとする、さまざまな活動をして、やがて臨終を迎えるまでの期間、人生の大半だな。全員、目下ここだ。『取』を経て『有《う》』となる。〝臨終〟から〝死〟までの瞬間。『死有』はここに入るのかな？」

「中有を経て、生有の瞬間までで、生有以降は来世になる。愛・取・有で『現在三因』『過去二因』と足して『五因』が、来世への果をつくる。『未来二果』だね」

「『生《しょう》』が来世での、現世の『識』、受胎の役割をして、来世での『六処』から『受』

までの役割をするのが『老死《ろうし》』なんですね」

恒夫クンが『十二因縁』の最後の『老死』を、表を見て言った。

「これで、『十二因縁』の順想が終わったわけですな。釈迦菩薩は、『四禅天』の『色究竟天』で、この十二因縁をさらに、『老死』から『無明』に向かって『逆想』していったんです」

「そして成道《さと》ったんですな」

角田老人が大きく頷いた。

「私、今までにずいぶん十二因縁に関する本を読んだけど、専門用語ばっかりで……」

「仏教の本は当然だが、仏教用語が多い。素人には歯が立たん」

角田老人も微笑《わら》った。

「でも、今日の和尚さんの話を聞いていたら、仏教はタナトロジーとセクソロジーのうえに、胎児の話まであって〝生理学〟でしたよ。それも医学に近い。薬師如来が、釈迦如来の医の分光というのはわかる気がします。仏教って、とても現実的なんだと思いましたよ」

恒夫クンが、瞳を輝かせて言った。やがて、仏教大学に入学する青年である。忽然の話が、おもしろく感じられたようであった。

「人間は、十二因縁のような一生を送り、死有、中有、生有、そして次生《じしょう》、後生《ごしょう》と『有』のサイクルを廻っていく」

「輪廻転生ですな」

「そう。角田さんの言うとおり、その基底にあるのは『輪廻転生』なんです。それがないと、十二因縁も『四有《しう》（本・死・中・生）』も成立しない。しかし、釈迦は、そこを解脱して四聖に入り、最後は『如来一乗』で最高の悟り、阿耨多羅三藐三菩提心を得よと言っている。それこそ、サイエンス・ファンタジーの世界です。たとえば、『法華経』の序品での、仏菩薩が、世尊を囲繞《いにょう》するところなどは、一大SFページェントで、大文学ですよ。同じものかきでも、私には、あれだけのスケール性がない。

スパルタカスの群衆シーンのようだもの」

「確かに『法華経』は一大文学ですね」

『法華経』好きの好子さんが応じて言った。

知らない間に、長い時間が過ぎていた。

劫照が来て、

「和尚。そろそろ、お通夜の支度をしてください」

と言った。劫照は名マネジャーでもあった。

「ああ、こんなに長い時間、お邪魔をして」

「申しわけありません」

と三人が、〝お布施〟を置いて帰っていった。

貧乏寺である。お布施は助かるのであった。

陽が長くなった。

お通夜は六時からであったが、一時間前には顔を出してやらなくてはならなかった。

最近は、伊豆の田舎町にも、セレモニーホールができていた。

今夜のお通夜は、そうしたところでやる。忽然も、三人を見送ってから、現実世界に戻って、通夜の支度を始めた。


通夜は、ラーメン店「銀八《ぎんぱち》」の、ご主人のお父さんのもので、小出龍造《こいでりゅうぞう》さんが俗名で、戒名は雲光銀龍信士である。変則的であったが、実名の一字を一番下にし、店の一字を実名《じつみょう》のところにもってゆき、道号の上字と法諱《ほうき》の下字で「雲龍《うんりゅう》」という熟語にした。強い名であったが、龍は仏教の外護神である。

それまでお天気だったのに、ポツポツと雨が降ってきた。

「雲龍さんじゃ雨で当たり前だな……」

「なんで？」

劫照が訊いてきた。

「八大龍王は、昔から、請雨祈禱のご本尊だよ。雨乞いは、弘法大師の得意技だったらしいよ。火を焚《た》いて、雨が呼べるのかね？　護摩の火が消えちまわねえのかなあ？」

「なにをくだらないこと言ってるの。タクシー呼びますよ」

「まだ早いよ」

「早くないわよ。早めに行ってあげたほうが、ご葬家さんは安心するのよ」

（どうでも、早くオレを寺から出しちまいたい肚《はら》だな……）

住職も二十年もやっていると、こういうことになってくるらしい。

銀八さんは、本名はあるのだが、店名の銀八で呼ばれることが多かった。今年四十七歳。

（赤穂義士と同じ数かい）

故人は享年七十歳であったから、二十三歳のときの子だ。

（早い子だなあ……）

と思った。

銀八さんは、いつも威勢いがいいのに、さすがに実父の死でメソメソしていた。

国道を散歩していて、観光客のワンボックスカーにはねられての、交通事故死であった。

はねたほうはサラリーマンで三十八歳だという。子供が二人乗っていての家族旅行であったらしいが、とんでもない家族旅行になってしまった。賠償金が大変だ。が、保険に入っていたらしい。

「銭金《ぜにかね》じゃあオヤジは戻らねえ」

「それは、そのとおりだ」

私がなぐさめたってしかたがないが、時間はまだ四時半である。

(だから、早いと言ったのに……)

と思ったが、後の祭りだ。おっと、お通夜に祭りはないか。

あまりに銀八さんが泣くので、

「銀八さん。お父さんは死んでないよ」

と言ってやった。

「え？　和尚さん。だってオヤジは現に、もう棺箱に納まって……」

「うん、今生《こんじょう》では、ちょいと眠りに就《つ》いたがな……」

「次の世があると？」

「そう。あまり泣くと、寝ている人が眼覚めるぞ」

「だったら、もっとでっけえ声で泣いてやる！」

「そうではないよ。逝《い》こうとしてる人の足を引っ張るなと言ってるんだよ」

「はい……」

「誰でも、あるとき知らない世界から、ほいっと、父と母を得て、この世に来る。もと来た道は、誰も、自分ではわからない。なに、オヤジとオフクロがイチャついてできたのがオレだなんて言う奴もいるが、イチャついたら必ず子供ができるかといったら、そんなことはない。たとえば、男の子が欲しいと思ったって、産まれないものは産まれない。大きく、強い力が働かなかったら、人間さまだけで頑張っても、所詮は無理なもんだ。銀八さんのオヤジさんはさ、その、もと来た世界に、新たに帰っていく。だから、お位牌に、頭文《かしらぶん》ていうんだが、『新帰元』と書いてある。もといた世界に新たに帰っていく人だよ。帰り道をさ、きれいに掃除してやれ……」

「和尚さん……」

銀八さんが声を詰まらせた。

3

お通夜のお勤めを終えた後は、少しだけ、お説法させてもらうのが約束ごとだ。

「龍神さまというのは本当にいるんだねえ。昼間、あんなに晴れていたのに、本格的に雨になった。今夜の仏さまのね、戒名は『雲龍』さまなの。八大龍王さまの名前はね、難陀《なんだ》龍王、跋難陀《ばつなんだ》龍王、娑羯羅《しゃから》龍王、和修吉《わしゅきつ》龍王、徳叉迦《とくしゃか》龍王、阿那婆達多《あなばだった》龍王、摩那斯《まなし》龍王、優鉢羅《うはつら》龍王だ。え？　覚えきれない？　私だよ。でも経本に書いてある。雨の欲しい農家は助かっただろう。それと、ご家族の涙雨だな。家族、身内が亡くなって悲しくない者は一人もいないよ。見てみな、銀八さん。ラーメンのスープになるほど涙流してさ。いいんだよ、泣きたいときは思いきり泣いていいの。お釈迦さんがね、涅槃に入られて八十歳で寂滅《じゃくめつ》したとき、悲しさのあまりに、周囲の花も全部枯れて、捧げる花がなくなった。それで弟子たちが紙で花を作って捧げた。それが紙《し》(四)華《か》の始まりなんですよ。それほど、人の死は悲しいの。悲しくないっていう人がいたら、嘘か、泥棒だよ。涙盗人《なみだぬすびと》だ。でも大丈夫、オヤジさんはね、次の世にも必ず人天果報《にんてんかほう》の善処《ぜんしょ》に生まれる。それで銀八ラーメンのお客さんになって入ってくるよ。な、銀八さん」

呼びかけると、銀八さんは、

「ひいーッ！……」

と言って泣き崩れた。

（なぜかな？……）

話しながら、私は思った。

（誰も、十界の四聖になって、如来一乗となって悟りの世界に住むなどということを願っている人はいない。みんな、すぐに、人間になって帰ってきて欲しいと願っている者ばかりだ。お釈迦さまには申しわけないが、仏教の哲理と、日本人の庶民感覚は、まったく乖離《かいり》しているのである。

日本には、本来の仏教と、『民族仏教』あるいは『仏教民俗』とがあるのだろう。だから、あまりにも専門的な仏教の話をしてもしかたがない。お釈迦さまよりも、阿弥陀さまか、観音さま、あるいは故人が子供のときは、お地蔵さまのほうが人気があるんだなあ）

と思った。

そして、頑《かたく》なに『輪廻転生』を信じ込んでいる民族なのだという思いが、通夜という一番信仰心の表れる場面で、そう思った。

あまり理屈っぽい説法は嫌われる。

それよりも、必ず人間になって戻ってくると説いたほうが、頷かれるのであった。

「人間はね、死なないよ。生まれ変わるだけ。モデルチェンジだな」

と説いたほうが、その場に浸透しやすいのであった。

その地域には、地域特有の〝死の習俗〟があった。それを無視して葬儀を行うというのは、かなり難儀なことになる。古老の意見などを参考にして執行《しぎょう》していく必要があった。

忽然は、現在の地域で、二十年間住職を勤めている。それでもわからない風習の面があった。古老らは、

「今は、簡略化されてるからな、何事も」

と、そうした風潮を嘆くように言った。

これは多くの地域で行われていることだが、一膳飯を山盛りにして、その中央に箸を立てる。これとグラスに水を一杯。そして、不思議に「団子」を載せる。

仏教民俗学に関しては、五来重《ごらいしげる》氏が、多くの著作を遺しておられる。フィールド・ワークにも力を注いでおられた。『葬と供養』（東方出版刊）や『高野聖』（角川書店刊）などの名著も多く、後輩として教えられるところが多かった。仏教民俗学という分野じたい、地味な分野のうえに、広範にわたる諸事の検証で、フィールド・ワークだけでも大変な分野である。

今は「団子」の由来に想《おも》いを馳《は》せているわけにはいかない。そういう機会があったら、執筆してみたいと、忽然は思ってはいた。

忽然は、ともかく通夜の勤めを終えて、自坊に戻った。

「やっぱり行ったの早すぎたよ」

と劫照に、衣を脱ぎながら言った。

「でも、遅いよりはいいわよ。信用の問題なんですからね」

と言って、衣を衣紋掛《えもんかけ》にかけた。

「しかし、銀八さんに泣きつかれてなあ、往生したよ」

「自分のお父さんが亡くなったんですもの、当然よ。それも交通事故でしょ」

「ああ」

「看病のしようがないじゃない」

「ん？　看病？……」

「そうよ。適当な長さの時間、看病というか、面倒を見るというのは、自分の心に、やることはやったという思いを抱かせるから、死後の悲しみが和らぐの。でも、突然に死なれると、ああもしてやりたかった、こうもしてやりたかったという後悔の念だけが残って、つらさが増すものなのよ」

劫照の言うとおりであった。交通事故死では、面倒の見ようがないだろう。その分、後悔が根強く残るものなのかもしれなかった。

「死に方も難しいな」

「それはそうよ。人生の最後なんだから」

「結局は、当分は、誰がどんな風に慰めても無理だろう」

「でも、荼毘にふされて、焼骨になって、四角い箱に納まってしまうと、奇妙に落ち着くんじゃないの。あれは不思議なことだわ」

「そうだな。『安骨(牌)諷経《ふぎん》』のときには、全員、それまでと違った寂《しず》かな雰囲気になるものな」

「時間が解決してくれるのよ」

「そのようだな」

「和尚の言う時仏《ときぼとけ》……」

「無量寿如来、阿弥陀さんだな」

「日本人はおもしろいわ」

「ン?……」

「ご本尊のお釈迦さまより、阿弥陀さまか、観音さまなんだもの」

「それは本当だな。理屈を言ってみても、誰も聞いてはくれないよ」

「でも、理屈を知りたい人もいるのよね」

「角田老人や、好子さんのようにな」

「本当は仏教の真髄を知りたいの。でも、あまりにも複雑で難解だから、敬遠してしまうのね。

本当のことを平易に解いた本が必要なの。そういうの書きなさい」

「簡単に言わんでくれよ。やさしく書くほうが難しいんだよ。どこまで省略してしまっていいのか、難儀なことはたくさんあるよ」

「だから、やり甲斐があるんじゃないの。難しく書くのは誰でもできるの。大学の先生の本だけでたくさんよ。三文文士らしく書いたら」

劫照に言われると身もフタもない。

「確かに、そういう本も必要だな」

「葬儀が終わったら名古屋にいくんでしょ。中京新聞の文化センターの講師の仕事」

「そうだった……」

と、予定の書き込んであるカレンダーを見て、忽然が確認した。

名古屋での仕事は、いわゆるカルチャーセンターでの仕事であった。

二十人ぐらいの聴講生に仏教の話をしていた。

午後一時から、一時間半、忽然は話をする。

聴講生は熱心に話を聞いて、ノートまで取っていた。

その日の主題は『仏教雑感』としていた。

通しの題名は『日常の中の仏教』としていた。六回で話の内容を変えるので、今日は、前から引きつづいてだが、第一回めということになった。

七回めなので、ほとんどが顔なじみになっていた。引きつづいて聴講してくれている生徒のほかに、新しい顔ぶれもあった。

「人は死なないのです。『輪廻転生』していくだけです。すでに、みなさんには、『十界』も『四聖』も『六凡』も、『須弥山』のことも、お話してありましたね」

今までの六回で、『五蘊』『六根』『六境』『十二処』のことも話してあった。

とくに、『五蘊』の『色受想行識』は、人間の脳、精神の働きとして執拗なまでに述べてきていた。

『色《しき》』は、眼に見えるもの、であるが、たとえば、忽然には、原稿用紙やペンが見える。しかし、それが原稿用紙やペンだといきなり弁別できるわけではない。『十二因縁』でいえば、『受《じゅ》』の段階にならなくては、まず弁別できないであろう。『受』は生後四、五歳から十四、五歳までであるから、なりたてでは無理かもしれないが、後半に至れば明確に弁別できるはずである。

聴講生には『十二因縁』についても説明してあった。

十二因縁の『受』も、五蘊の『受』も、文字も発音も同じであったので、紛らわしいことで、初めて、このことに接する人は、戸惑ったのに違いあるまい。

五蘊の『受』は、『色』という対象物、原稿用紙やペンといったもののことで、これが『眼《げん》』という『根《こん》』に対する、眼に見えるもの、すなわち『境《きょう》』である。『耳根《にこん》』には、耳に聞こえるもの『耳境《にきょう》』である。以下も同じで、『六根《ろっこん》』『六境《ろっきょう》』である。

この両者によって出現する世界が『眼界』ないし『意識』の『十二処』なのである。

これは、脳・精神の働きによって、まず「見えるもの（聞こえるもの）」として受け止められる。眼に代表させていえば、水晶体・ガラス体から網膜に映じさせて、逆さに映っているものを視野交叉《しやこうさ》させて、後頭部にある大脳皮質の視覚領《りょう》・視覚野《や》で、正しい映像《ビジョン》として捉える。この段階では、白く薄いものに線が引いてあるものと、黒い十五センチほどの棒ということだけで、それが『受《じゅ》』であり、瞬間的に、その画像情報は、脳細胞のニューロンの樹状突起《じゅじょうとっき》や軸策《じくさく》突起を経て、シナプスの受容体に送られる。受容体で神経伝達物質として電気信号化されて、約二十ナノミリメートルの間隙のある次のニューロンの受容体に飛翔する。ほかの情報もあるために、脳内はシナプスがものすごい数でショートしていることになる。『想《そう》』の状態で、前頭前野に送られて、「原稿用紙とペンである」という情報となる。これが『行《ぎょう》』である。しかし、〝原稿用紙〟〝ペン〟という言葉のためには、〝前言語野《ぜんげんごや》〟の〝ブローカ領〟と

〃後言語野《こうげんごや》〃の〃ウェルニッケ領〃の両言語野の応援を受けなければならない。漢字とカタカナでは、言語野が異《こと》なってくるのである。両方とも左脳の外側溝近くにある。

さらに〃原稿用紙〃〃ペン〃という言葉を、〃海馬《かいば》〃その他の記憶装置から、素早くファイルを開いてクリックする必要がある。

そして、そうしたことのプロトコル（受け入れ態勢・手続き）が完備していなくてはならない。

そうやって検証され、記憶と照会されたものが前頭野に送られる。『行《ぎょう》』から送られた、理解不能状態の情報を、最終的に、必要な情報か不要な情報か、行動すべきかどうか、記憶の必要があるかどうか、といった状況を判断して、意思決定して〃原稿用紙とペンである〃とするのが『識《しき》』なのである。

手続きを文章にしていくと、いかにも長くなるが、一秒の何万分の一というスピードでこれらを演算していくのが私たちの脳で、視覚の応援に、他の五根も動員されて、総合的に意思決定『識』となっていくのである。コンピュータというのは後発の文化・科学である。そのためにあらゆるジャンルの文化の原語を、コンピュータ用語として借用導入している。プロトコルなどもそうで、原義は〝条約、受け入れ〟などの意から採《と》っている。エクセルの一コマを〝セル〟というのは細胞の意であるし、〝カテゴリ〟などは哲学用語から採用している。しかし、そのコンピュータ出現の二千年強も前の時代から、仏教では『色受想行識』の『五蘊』は論理だてられていたのである。

目下、インドは、コンピュータ産業が、ものすごい勢いで伸長しているというが、もともとインドは、コンピュータ以上の想像力と発想をもっていた国であり、民族なのである。仏教がなによりの証明になるのである。

大概《おおむね》、そこまでの勉強は済んでいる聴講生たちであった。

4

「輪廻転生というのは、世界中のいろいろな国や民族に受け入れられ、支持されています」

と忽然が講義を開始した。この教室の講義はやりやすかった。

聴講生は全員、中高年以上で、男女が半々であった。それだけに淡々とだが、熱心に聴講してくれて、忽然にも張り合いがあった。

「しかし、なかには、この輪廻転生を受け入れない国や民族があっても、不思議ではありません。

しかし、古代インドよりも、もっと古い国の文化、たとえばエジプトにまで遡《さかのぼ》っても、現世といいますか、今生には、未練たらたらなんですね。石棺に彫られた象形文字や、パピルスという、布と紙の間のようなものに書かれたエジプト文字で書かれたものには、王《ファラオ》は必ずこの世に帰ってくる、そのときのための容器、肉体が必要である、そういって死後の肉体をミイラにさせているんですね。ミイラにするのは僧侶の役目で、肉体を割いて、臓器はすべて取り出して、別のかめに入れて保管した。そうしないと肉体は腐敗してしまいますから。

　エジプトでも、僧侶は、医師の役割をもたされていたんですね。キリスト教でも、修道院で多くの薬酒を造っています。ニガヨモギを原料としたアブサンなんかそうですね。今、アブサンというと水島新司さんの野球漫画だと思われてしまいますけどね」

　と言うと、聴講生は笑ってくれる。

　笑いがあったほうが、話がしやすいのであった。

「それにキリスト教の尼僧さんは、ほとんどの人が看護士の資格をもっているといいます。代表的な人に、マザー・テレサがいます。彼女は患者が息を引き取るときに、アーメンと唱えないと駄目、とは言わなかった。自分の信じているものの名を唱えなさい、と言った。一番多かったのが〝ママ〟だそうです。日本の特攻隊が〝天皇陛下万才〟と言うように教育されましたが、最後は〝お母さん〟だったというので、ダブりますね。

こういうのは余談ですけど。私の話は余談ばっかり、余談の集大成で、余世って言うってか。ごめんなさい。話がすべりました。

ともかく、この世に『再生』したいという願望は強かった。中国にも、日本にも、擬死再生のエピソードはたくさんあります。この『再生』とか『復活』を論理立てていくと、結局、『輪廻転生』ということになってしまいます。

この輪廻転生が、仏教の土台になっています。あの釈迦如来も、突如、忽然として誕生したわけではなくて、ちゃんと『前世《ぜんせ》』というものがあった。そのことが書かれているのが、釈迦の『ジャータカ』という『前生譚《ぜんしょうたん》』です。〝捨身虎児《しゃしんこじ》〟などのエピソードが有名です。内容は『ジャータカ』を読んでください。文庫本とか新書など、いろいろ出ています。

そして、お釈迦さまの前にも大勢の如来、仏、菩薩がおられました。『広方大荘厳経』『ラリタヴィスタラ』にも登場します。『序品《じょほん》』に『所謂《いわゆる》……五十六の過去の諸仏如来名……是《かく》の如《ごと》き等《ら》の過去《かこ》の無量《むりょう》の諸仏如来《しょぶつにょらい》、皆此《みなこ》の経《きょう》を説《と》きたまえり』とあります。通常『過去七仏』というのが、私どもの常用経には載っております」

と言って、忽然は自分の経本を見せて、

「過去七仏だけをお読みしましょう。毘婆尸仏《びばしぶつ》、尸棄仏《しきぶつ》、毘葉浮《びしょうぶ》(毘舎浮《びしゃぶ》)仏《ぶつ》、迦羅孫《からそん》(拘留孫《くるそん》)仏、倶那含牟尼《くなごんむに》仏(拘那含牟尼《くなごんむに》仏)、迦葉仏《かしょうぶつ》と、多少文字や発音が違っています。正誤は、私にも、誰にもわからないと思います。ただおもしろいのは、七仏めに、釈迦牟尼仏と経本のほうではなっているんです。同じ禅宗なんですが臨済を〝臨門〟、曹洞《そうとう》を〝洞門〟といいまして、洞門の大本山永平寺の仏殿には、過去仏〝阿弥陀如来〟、現在仏〝釈迦如来〟、未来仏〝弥勒《みろく》仏〟が、『三世仏』として祭祠《さいし》されております。ちょっと、ややこしいなあとは思いますが、解釈の仕方だと思っております。

ま、このように、仏さまは、お釈迦さまが初めてではないよ、このように、無量の仏・如来がおられたのですよといって、お釈迦さまの〝前生《ぜんしょう》〟を『ジャータカ』に記してあるわけで、考えるまでもなく、お釈迦さまも、輪廻転生しているということなんですね。人間の世界、『南瞻部《なんせんぶ》』という四大陸の一つに『下生《げしょう》』するのに、どの種族がいいかというのを、『浄居童子《じょうごどうじ》』と呼ばれて住んでいた、須弥山の『兜率天《とそってん》』で考えます。

それが『勝族品第三《しょうぞくほん》』に出てきまして、『六十四徳』を備えていなければいけない。そして母となる『母胎《もたい》』の人は『三十二徳』を具足していなければならない、といって選んだのが釈氏で、釈迦族のことです。『禰子《ね》《こ》も釈氏《しゃくし》も』というのはここから出たんです。禰子は氏子《うじこ》で、釈氏は檀家です。猫の手も借りたいというのは別ですよ。そして『母胎』に選んだのが摩耶夫人《まやぶにん》です。夫人《ふじん》ではなく〝ぶにん〟、母胎《ぼたい》ではなく〝もたい〟です。

父は浄飯王《じょうぼん》（シュッドーダナ＝Ṡuddhodana）で迦毘羅衛《かびらえ》の王なんですが、『方広大荘厳経』では輸《しゅ》(頭《ど》)檀王《だんおう》という、われわれにはなじみのない名で登場しますが、同じ人物です。

このように、釈迦自身が、兜率天から南贍部に下生していくんですね。このときの釈迦は、すでに〝菩薩〟という四聖の中の〝三乗〟の位になっていますので、そのように呼ばれています。

『方広大荘厳経』は仏伝文学なんですが、ほとんどサイエンス・ファンタジーといってもよいと思いますね。小説のような一大フィクションにも感じてしまいます。

南贍部の身体を持つもの、つまり人間の話でありません。あらゆる神通力《じんつうりき》を持っています。『法華経』でも、釈迦は『神力品《じんりきほん》』で、舌を出して天空を覆ってしまうということをやって見せます。これには霊鷲山《りょうじゅせん》という、説法の行われた場所で『耆闍崛《ぎじゃくっ》山《せん》』とも言われていますが、居合わせた人びとは、大驚愕をします。『長広舌』と訳されています。不必要な長話をする人を〝長広舌〟と言いますが語源でしょう。

私自身のことみたいだな」

忽然が言うと、聴講生が笑ったが、そのなかの一人の男性が、

「先生のは、無駄話ではありませんよ。笑いでリラックスさせようと努力してくださってるんですから。難しい話の連続では飽きてしまいます」

と言ってくれたので、忽然は、

「ありがとう。そう言ってくださると救われます」

と言ったので、再び教室に笑いが起こった。

「というわけで、輪廻転生は、いくら釈迦が解脱《げだつ》を説いて、〝如来一乗〟こそが、真の悟りの〝阿耨多羅三藐三菩提〟であると言っても、理想中の理想なのであって、私のような凡人は、輪廻転生のなかで、〝速やかに中有の幻身を脱して、人天果報の善処に生ぜんことを〟と祈願するほかはないわけですな。そして、なぜか日本人は〝四聖〟の道よりも、六凡の六趣輪廻のほうを好むんですね。

四聖のほうは、行ったら、もう南贍部には戻りませんからね」

「そうなったら、ご先祖様とも呼べないわね」

と女性の聴講生が言った。

「そういうことだねえ。ご先祖様でもないというのは淋しいなあ……」

と男性の聴講生も、大きく頷いて言った。

「そこなんです。私も葬式をやりますから。十中八九の人は、ご先祖として祭祀したがりながら、六趣輪廻で、人間になって、この世に戻って欲しいと、矛盾した考えをもつんです。戻ってきちゃったら、ご先祖じゃないでしょ。

でも、それはそれ、これはこれで、矛盾ではないと思い込んでいます。

しかし、それはそれでいいんだと思いますよ。心地好いほうが正解だと思います。

逝《い》った人は、逝った世界でうまくやっていると思います。

どんな風にうまくやっているのか？　それをこれから述べようと思います。〝人間、死んだらどうなるの？……〟という世界のことです」

5

「まず、人間は死なないということです。今生での、いわゆる人生は終わります。すべては、オール・オア・ナッシングです。お芝居の緞帳《どんちょう》が下りてしまった状態ですから、恋愛も、借金も、すべて棒引きですね。それは楽だというので自殺する人がいる。とくに平成不況で、失われた十年の間には、中高年層の男性が、リストラされて、行き場がなくなって、自殺が増えた。年間三万人とも四万人とも言われていますよね。交通事故での死者の数よりも多いんですよ。なかには、インターネットで、いっしょに死にましょうと呼びかけて、本当にグループで自殺するというね、信じられない現象も起きている。ゲームかなにかと勘違いしているのかなあと思いたくなる。実人生ですよ。これを『本有《ほんう》』と言います。『当有《とうう》』という言い方もあるようです。『当有』というのは、今、当《まさ》に生きているという感じはしますね。

しかし、自殺というのは、キリスト教もそうだと思いますけど、仏教でも、一切認めません。いきなり地獄に行くと言われています。

ところが、僧侶が、本堂で首を吊って死んだなどというニュースに接しますと、私なんか、ガッカリしますすね。遊興費で、サラ金から金を借りて、首を吊ったというんですからシャレにもならない。還俗《げんぞく》してから死んで欲しいと思いますよ。

ところが、私なんかが、こうしてお話をして全国を廻っています。一回だけの講演というのもやってますからね。そこで地獄の話をしましてもね、〝地獄ってどんなとこだ?〟と訊《き》かれます。無間地獄だの、刀葉地獄だの、血の池や、針の山や、鬼の話をしても、すでに二十一世紀ですから、なにか田園的なフィクションと受け取られて、なにも恐くないと言うんです。ゲームや、映画やドラマの世界のほうが、映像に音響ついて立体的ですから、よほど恐いと言います。しかし、ゲームも映画もドラマもフィクションだから、エンドマークとともに消えてしまいます。消えてしまったら、〝なんだ……でも恐くておもしろかった〟ということになっちゃう。血の池も、針の山も、フィクションで恐くなくなってしまってます。

これってね、現代では、本当に死体というものを見てないからなんです。あるいは、臨終の場面を知らないからなんですね。現在、病気で自宅で死ぬ人というのは本当に稀でしょ。たいていが大きな病院の集中治療室で、終末医療をほどこされて、死後は葬儀社まかせで、棺に納まるまでには湯灌をほどこされて、死に化粧までされておりますから、まるで眠っているようにきれいになっています。死ぬっていうのは、変な言い方ですが、完成品になっているものを見て、あの状態になるんだとイメージして、過程《プロセス》を見ていない。だから、本当の死がわからなくなっているんですよ。逆に、子供の誕生もそうですね。産湯《うぶゆ》を使って、きれいになってからを父や兄弟姉妹は見るというか、面会する。私は男ですからわからないんですけど、分娩《ぶんべん》の現場って、すごい修羅場で、必死のことだと思うんですが、誕生も、死も知らない。これでは地獄の話を聞いても、リアリティーがないんです。

今、一番必要なのは、身の毛もよだつような新しくて恐い地獄なんです。

その恐い地獄に堕ちるんだぞ、と説教されたら、自殺も犯罪も減ると思いますね。

新しい地獄は、具体的なものがいいと思いますよ。

一目して、〝キャッ！　恐い！〟というものがいい。リアリティーがあってね。

こう言ったら、「和尚さん、生きてるのが一番恐いよ」って言った人がいた。

確かにそうなんだよね。子供は子供で、〝いじめ〟が恐い。〝いじめ〟は大人の世界にもありますけど、もっと恐いのが老人になって、寝たきりになること。下《しも》のこと、大小便まで、人の世話になるのが苦痛だよね。土台、羞恥心が先に立つ。そして、食べるものも人にスプーンで口に入れてもらわなくてはならないんですから。


　こうしてみるとね、人間、ほかの動物も同じだけど、入口と出口の問題なんだな、結局は、と思うようになる。

　だからポックリ寺なんていうのが流行するようになる。そのお寺にお詣りすると、ポックリと楽に死ねるというんで繁盛してる。

お医者さんの友だちに聞いたんだけど、老人を診察してると、何人かに一人は必ず言ってくるんだって。

〝本当は、苦しまなくても死ねる薬があるんでしょ。絶対に秘密を守りますから、内緒で売ってください〟

って言うんだってウンザリしていた。

『十二因縁』のさ、『老死』であり、『無明』だなという気がする。釈迦が〝この世は『苦』だ〟と言ったのは、残念ながら大当たりなのね。苦が集まって『集諦《じったい》』だと言ってる。この場合の〝諦〟は〝あきらめる〟という意味ではなくて、真実を〝あきらかにする〟という意味なんです。

さて、その死なんですけど、日本では源信が『往生要集』というのを撰述していますし、チベットには『死者の書』というのがあります。ニンマ派の『バルド・トドゥル』と、ゲルク派の『クスムナムシャ』とがありますが、ニンマ派のものが先に紹介されて、NHKなどでも放送されて話題になりましたが、おどろおどろすぎる。あれは、日本でいう『枕経』のようなものなんです。

ゲルク派の『クスムナムシャ』は、『無上瑜伽《むじょうゆが》タントラ』がベースになっている。

日本には『タントリズム』というものは渡来してこなかった。仏教の後期密教や、ヒンドゥー教、ジャイナ教なんかに流れ込んでいった思想ですが、『テーラワーダ(Theravāda)』という南伝の『上座部《じょうざぶ》』にも影響は与えたと思いますが、『大衆部』と『上座部』に根本分裂が起こった後、『上座部』はさらに『説一切有部《せついっさいうぶ》』などに分派していきますが、〝タントリズム〟というのは、はるか後代の別の流れで、仏教では『大乗仏教』というよりも、後期密教に強い影響を与えています。空海が請来した『大日経《だいにちきょう》』『金剛頂経《こんごうちょうきょう》』『金胎曼荼羅《こんたいまんだら》』は中期密教のものです。

日本には『浄土教』『禅』『法華経』が、庶民仏教として根づいていますから、後期密教が入ってきたとしても、支持されたかどうかわかりませんね。それでなくとも、真言宗じたいが、〝覚鑁《かくばん》〟の出現で、浄土教を取り込んだ『新義真言宗』を立てていましたし、『大師信仰』に切り変わっています。古くからのスタイルを『古義真言宗』

と言っています。

その『チベット死者の書《クスムナムシャ》』は、日本では学研が出版しています。平岡宏一さんの訳でね」

第三章

1

「『クスムナムシャ』というのは、その出だしは『死の章』、そして『中有の章』『生の章』の三章から成っています。

最初からサイエンス・ファンタジーのような始まりで、読む者を惹きつけてくれますね。〝ヤンチェン・ガロが、聖なるお言葉より集めて自分が忘れないように書きました〟と、撰述者自身が最後に書いておりますけど、事実、平岡宏一さんは、インドのギュメ寺に留学して、チベット文字の手書きのものを訳されているんですね。英文のものを訳した『バルド・トゥドル』とでは、その辺からして違っていますね。『バルド・トゥドル』は、ヒッピー全盛のころに、〝読むLSD〟といって、彼らに支持されたものを訳しているんです。

ですから〝クリアーライト〟といった言葉が出てきますが、ヘッドライトみたいな感じで違和感はありますね。

最初はこうです。

〝この世界ができたばかりの、初劫（初めの時間、時間じたいは『無始無終』だが）の閻浮提（四大陸の一つ、逆三角形の形をした大陸で、人間はそこに住んでいる。南贍部などとも記される）の人たち（人間）は、以下のような特徴をもっていた〟

と七つの特徴を上げている。

①〝母胎《ぼたい》・卵《らん》・水《すい》（三生）などのよりどころをもたず、忽然《こつぜん》と生まれる化生《けしょう》であること〟

あ、私は僧名は忽然《こつねん》でも、化生ではありませんからね。

②〝無量の寿命に耐えうること〟

ここなんですが、一期《いちご》ではなく輪廻転生での寿命を考えれば、無量の寿命でしょうね。

③〝全員、一切《いっさい》の根《こん》がそろっていること〟

④〃身体が、自然に放出される光により満たされていること〃

⑤〃仏の素晴らしいお姿である相好《そうごう》（三十二相《そう》八十種好《しゅごう》）と相等《あいひと》しい荘厳《しょうごん》なるもので飾られていること〃

今はブランド品で荘厳してますよね。

⑥〃段食《だんじき》（物質的な形ある食べもの）によらず、心の喜びを食物として食する者であること〃

⑦〃神通力《じんつうりき》により虚空《こくう》を行きうること〃

という七つの特徴なんですが、のちに登場する『中有の幻身』と共通したり、酷似しているところがある。つまり、人間のスタートは『中有』で、化生として忽然として『本有』に出現したと、作者はそこに意図をもっていたのではないかと思いますね。そうしないと始まらない。

それが、人間が堕落をはじめて、ドッグフードを食べていた犬が、人間の食べているものを食べてしまうと、そればかり食べたがるように、やがて、

〃粗《あら》い波長をもった段食を食べるようになった〃

なるほど、化生《けしょう》であったものが堕落して、段食を食べるようになった。スタートはやはり入口かということですね。となると、出口が気になりますが、こちらも、

〃残存物が大小便となって排出される門、男根・女根等が出現した〃

となって、思ったとおり、次はセクソロジーにきた。香の香りが染みつくように、前々世からの薫習《くんじゅう》（習い性）によって、

〃性行為の習気《じっけ》（習慣）をともなう二人の者が、互いに心が通じ合って邪淫《じゃいん》を犯すことになった〃

このあたりは、アダムとイブのリンゴや、蛇といったエピソードと共通するものを感じなくはない。ここで人間は、

〃子宮で息づくものとなっていき〃

と化生の資格を失うのです。そして胎生というものに変わっていった。

身体も変わってきますから、

〝その身体には地《ち》・水《すい》・火《か》・風《ふう》（四大）・脈管《みゃっかん》・体液の六つの要素〟を得て、父からは骨・筋肉・精液の三つ、母からは肉・皮膚・血液の三つで、合わせて六体、先の六要素とで十二体を備えるようになったというので、呼び方も、

〝閻浮提の人、胎生の六体をともなう者〟

というようになったのです。

ね、出だしからして、サイエンス・ファンタジーでしょう。ジョージ・ルーカスが歓びそうなストーリーです。

そして『無上瑜伽タントラ』の教えを修道して、濁世の短い一生に成仏することが可能な人というのは、

〝そのような閻浮提の胎生の六体をともなう者〟

であることが条件だというのです。

そして次に、今までの六回の講義の中で、『アーユルヴェーダ』や『チベット医学』の話をしてきましたね、それが出てくるんです。

〝その身体には、左右中央の三脈管とともに七万二千の脈管がある〟

私は無数のと言ってしまいましたが、ここでは明確に七万二千という数字が出てきています。中央がウマ、左がキャンマ、右がロマでしたね。同じです。

さあ、ここからは、嫌でも真剣になりますよ。〝死の旅〟の始まりですから。

〝最後の死の瞬間を迎えたとき、七万二千の脈管のすべての風《ルン》は、まず左右二管の内に集まり、その二管に集まった風《ルン》は、最後に中央脈管《ウマ》に溶け込むのである〟

風《ルン》は中国の『気』のようなものですが、死の時には『識』の乗りものとして体の外に出ます。

〝中央脈管の胸の位置（心臓）にはチャクラがあり、その中には……〟

以前に話したことのある、上が白、下が赤の滴《ティグレ》（粒）があります」

六回の講義で基礎的なことは、ほとんど話してあったので楽であった。

「そのティグレの中央に青黒いものがあって、それが識でしたね。

上の半分の白は父の白い精液、下半分の赤は母の赤い精液でしたね。

それが他のチャクラから移動する。上から下降するのが父の白い精液で、下から上昇するのが母の赤い精液で、心臓のチャクラで合流します。ティグレは非常に微細なものでしたね。

死の瞬間になってくると、『持命の不滅の風《ミシッペーソグジィンキルン》』といわれます。この風が身体のどこかに少しでも残っていたら、『死』というのはありえないんです。

〝また、その人間を構成する要素、すなわち五蘊《ごうん》、四界《しかい》、六処《ろくしょ》、五境《ごきょう》と、出発点の五《ご》智《ち》の『二十五の粗いもの』が溶けていく〟

ここで新しい言葉が出ました。『五智』ですが、これは仏の智慧《ちえ》を表す言葉なんです。五智は、次のようなものです、と白板に文字を書いていった。

①法界体性智《ほっかいたいしょうち》　存在すること自体が智慧。
②大円鏡智《だいえんきょうち》　大きく円《まどか》な鏡のように、すべてを映し出して見せる智慧。

③平等性智《びょうどうしょうち》　すべてのものが平等であると見る智慧。
④妙観察智《みょうかんざっち》　妙なる力ですべてを観察する智慧。
⑤成所作智《じょうしょさち》　すべてのことを成しとげる智慧。

「この五つの智慧が五智ですが、①の法界体性智を除いて四智と呼ぶ場合もあります。仏の智慧ですから、仏智《ぶっち》ですね。これを『般若《はんにゃ》』というんです。般若の面というのは関係ありません。あれは般若寺の仏師が考え彫ったところから、そのように呼ばれるようになったんですね。

智慧の仏というと文殊師利《もんじゅしり》菩薩なんですが、その髻《まげ》は五つに分けて結《ゆ》われています。あれは、この五智を表現しているのです。

以上出てきた五蘊・四界・六処・五境・五智で二十五ですね。これらの粗《あら》いものが溶けていくというのですが、溶けるというのはエネルギーを失っていくということです。

〝それらの中でまず最初に溶けていくのは、色蘊《しきうん》の族の五つの要素、すなわち、色蘊、出発点の大円鏡智《だいえんきょうち》、（地水火風の四大の）地界《ちかい》、眼根《げんこん》、自らの五境のうちの色《しき》である。これらの五つの要素が同時に溶ける。

それら各々《おのおの》が溶けた兆《きざ》しは次のようである。

色蘊が溶けたことを示す外側に現れる兆しとして、手足などが前より少し細くなり、身体が衰弱し、力がなくなってくる〟

こう言われたら恐いですね。

それも、淡々と、理論的に言われたら、よけいに恐いですね。癌などの病いの看取り、介護をした経験のある人には、刻々と溶けていくようすがわかりますよね。だから介護士というのは、医師・看護士に次いで、大変なお仕事なんですね。

大円鏡智が溶けた兆しとして、眼がすっかり見えなくなり、白内障のようになっていきます。現代の脳医学の中では、眼そのものが脳なのではないか、脳の露出している部分が眼ではないのか、と言われています。ですから、瞬間的に強いストレスを与えますと、視力に障害が起きる人がいます。

それが溶けて、つまりエネルギーが消失していくんです。

患者が『暗いわ……』と言い始めたら、死の出発点、『臨終』の始まりなんですね。

これらのようすを、『地獄』を信じない人に見せて、看病、瞻病《せんびょう》をさせたらいいんです。

きっと細くなった手で、『握って』という仕種をするでしょうね。たいてい、親不孝者は、こうした場にはいませんよ。女房に、あるいは夫にそうされたらどうしますか、死の出発点の兆しなんですよ。

さらに地界が溶けた兆しとして、肉体の大部分が乾燥し、身体の部分部分が弛《ゆる》んでくるんです。源信は、『往生要集』の『臨終の行儀』では、このような状態を『風刀《ふうとう》（刀風《とうふう》）』といっています。『風刀』到れば、身体の関節という関節を、風で斬られたようになると表現しています。多分、同じことをさしていると思います。そして、身体が地下に沈んだような状態になる。そういう感覚が生じてくるというんです。

眼根が溶けた兆しとして、瞼《まぶた》を開閉できなくなります。まだありますよ。自らの五境のうちの色が溶けた兆しとしてね、身体の色彩（顕色《けんじき》という）が悪くなって体力が尽きてしまうんです」

教室の中が異様に静かになった。

一人の五十年配後半の人が泣き始めた。

「今年、女房が癌で亡くなって、看病していたんですが、先生の言うとおりの状態になっていきました……この教室に通い出したのも供養がしてやりたくて……なにも知らないものですから……」

「む。少し、休憩を取ります。トイレタイムです」

と忽然は言って、男性の傍に近づき、その背中を、持っていた数珠で、軽く擦ってやりながら、低声で、『消災呪』という陀羅尼を唱えてやった。

不思議に男性が落ち着きを取り戻した。

五分の休憩後、講義を再開した。

「お聞きになりますか?」

忽然が男性に訊いた。

「ええ、ぜひ聞かせてください。取り乱してすみません」

「かまいませんよ」

他の聴講生たちも大きく頷いた。

2

忽然は、さりげなさを装って、講義の後半を再開した。

「ええ、死の出発点の兆しが五つです。それらの特徴が現れると、その証《あかし》(印)として、本人には、『陽炎のようなもの(ミギュタウ)』と呼ばれる光景が心に現れるんです。それは、〝砂に春の光が照りつけたとき、チラチラと反射するような、水色のきらめきに満ちているような光景〟と記されてあります。とても夢幻的な光景ですよね。これが、人生の最終地点である『死の出発点』で見る映像《ビジョン》なのですが、あくまでも出発点の映像です。最終的な『真の死』はまだ先です」

聴講生たちは、真剣にノートを取っていた。

私語する者はほとんどいなかった。

それだけ『クスムナムシャ』の内容が衝撃的であったということなのであろう。

正直に言って、忽然も、初めて『クスムナムシャ』を読んだときには、強い衝撃を受けた。同じ思いを抱いているのに違いなかった。

「次の段階では、色受想行識の『受《じゅ》』蘊の族の変化が現れますよ。つまり、受蘊、出発点の平等性智、水界、耳根、自らの五境のうちの声《しょう》が、同じように同時に溶ける。

〝受蘊〟が溶けたことで、その外側に現れる兆しとしては、根識《こんしき》とともにある感覚である楽・苦・平等の三つの感覚を身識《しんしき》で知ることができなくなります。

出発点の平等性智とは、楽・苦・平等の三つを感じ、一種類のものとして認識、理解することのできる知識をいうのですが、それが溶けたことを示す兆しとして、意識によって楽・苦・平等の三つがわからなくなります。

水界が溶けたことを示す兆しとして、唾と汗と尿と精液などの大部分が乾いてしまうんです。

耳根が溶けたことを示す兆しとして、身の内外の音が聞こえなくなり、自らの五境のうちの声が溶けたことを示す兆しとして、耳の内の空気の音が聞こえなくなります。

以上のものが溶けたことを示す証（印）として、心に現れる光景を『煙のようなもの（トゥワタウ）』と言います。それはまるで、煙が充満している中で、煙の出口より煙がもくもくとわき出てきて、さらに煙が充満していくような光景であるといいます。

ここまでで、なにか質問はありますか？」

忽然が聞いたが、誰も声を発しなかった。

「その後に、『想《そう》』蘊の族の五つの要素、想蘊、出発点の妙観察智、火界、鼻根、自らの五境のうちの香が、同時に溶けるのです。

想蘊が溶けますとね、父母をはじめ親族が誰であるか思い出せなくなっちゃうの。出発点の妙観察智とは、親族が誰か、一人ひとりの名前を思い出す知識をいうんですが、それができなくなるのです。

火界が溶けた兆しとしては、身体の体温が下がっていって、飲食の消化能力が衰弱する。

鼻根が溶けたことで、鼻の穴から息を吸う量が少なくなっていく。外に吐く量が多くなり、激しい呼吸を生じてきます。

自らの五境としての香が溶けると、匂いの良い悪いといった感覚がいずれもわからなくなってくる。

以上の要素が溶けた証として心に現れる光景は、『蛍のようなもの（カーナンタウ）』と呼ぶ。それは、煙突より青い煙がもくもくとわき出ているとき、その中に赤い火花が少しずつ出るような感じだと言っています。あるいは、ねぎを炒《い》った鍋《なべ》の裏側の汚れの中に赤い火花が少しずつ消散していくような、そんな光景が心の中に現れます。

次は、『行』蘊の族の五つの要素、行蘊、通常の人の成所作智、風界、舌根、自らの五境のうちの味《み》が同時に溶けるのですが、行蘊が溶けたことを示す兆しとして、身体を自由に動かすことができなくなります。

通常の人の成所作智とは、世間における活動やその目的がわかる知識をいいますが、それらを一切思い浮かべられなくなります。

風界が溶けると、持命《じみょう》などの十風《じっぷう》が自らの所在から胸に移動して、呼吸ができなくなるのです。十風というのは、私たちが生きて生活を可能にしている十種の風《ルン》のことで、「根本の五風」と「支分の五風」に分かれます。次のようなものです」と、忽然が白板に書いていった。

根本の五風

①持命風《じみょうふう》　ほかの風《ルン》を眼根《げんこん》などの根《こん》に導くことと命を保つことを中心的な役割に

している。主な所在は胸で、心の意識とともにある。
②下風《かふう》　精液、血液、大小便などを出したり、漏らさずに保持したりする役割を果たす。主な所在は性器。
③等住風《とうじゅうふう》　食物を栄養と排出物に分け、栄養分を体内に吸収したりする役目を果たす。主な所在は臍《へそ》。
④上風《じょうふう》　風《ルン》を上に引き上げ、食物を摂取するなどの働きをする。主な所在は喉《のど》。
⑤遍住風《へんじゅうふう》　身体を揺り動かすなどの動作を司《つかさど》る。主な所在は関節だが、死ぬとき以外は一切移動しない。

支分の五風
①動風《どうふう》　眼識とともにある風《ルン》。
②甚動風《じんどうふう》　耳識とともにある風《ルン》。
③正動風《しょうどうふう》　鼻識とともにある風《ルン》。

④妙動風《みょうどうふう》　舌識とともにある風《ルン》。
⑤決動風《けつどうふう》　心識とともある風《ルン》。

「風《ルン》というのは、中国における〝気〟のようなものですと言いましたね。

舌根《ぜっこん》が溶けたことで、舌の表面の組織が粗《あら》くなり、その長さは短くなって、舌の根元は青色に変色して、舌で六味を味わう感覚がなくなります。

自らの身根《しんこん》（触覚器官のこと）と五境のうちの触《そく》も溶けなくてはいけないのですが、それが溶けると、ツルツルやザラザラといった感触が得られなくなります。

以上の要素が溶けていくと、『燈明を燃やすようなもの（マルメバルワタウ）』と呼ばれる光景が心の中に生じるのです。

それは、蠟燭《ろうそく》の燈明が尽きるときに炎舌《えんぜつ》が大小に大きく揺れるような光景だといっています。

四大の前者が後者に溶ける、たとえば地界が水界へ、水界が火界へというのは、前者のエネルギーの減少で、後者が自然に出現することをいうんですね。通常の土《つち》が水《みず》に溶けることではありませんからね。

ほかの例の場合も、同じように類推してください。

四界が溶けた後に、

『八十自性の分別の心（日常生活における心の八十種類の様相）（ランシンゲチュイトッペーセム）』

『真っ白に現れる心（ナンワカラムパ）』

『真っ赤に輝く心（チェーパマルラムパ）』

『真っ黒に近づいた心（ニェートプナクラムパ）』

『死の光明の心（チーウェーウッセルキセム）』

という『識』蘊の五種類の要素がつづけて心に現れなくてはいけないのです。

『八十自性の分別の心』と『真っ白に現れる心』の二つの心は知覚する方法が違っています。一方は微細、他方は粗《そ》と、意識のレヴェルの違いが大きいのです。

したがって、『真っ白に現れる心』の意識の段階では、そのような粗い意識はないのですね。粗いのは『八十自性の分別の心』のほうですよ。

ところで、『八十自性の分別の心』と、その乗りものとなった風《ルン》の二つは『真っ白に現れる心』の前に溶けなくてはいけないのです。これは大切なことで、言い忘れるところでした」

忽然は、改めて自分のノートを見つめ直したのであった。このあたりは、わかりやすいようでいてわかりにくいところなのである。

文章には、原文を読むと、ある種のパターン化があって、それを何度もリフレインしていくので、錯覚が生じるのである。

それは大乗経典にもあって、『観音経』の偈文《げもん》を読んでいると、何度も『念彼観音力《ねんぴーかんのんりき》』の語が立てつづけに登場するので、プロの坊さんでも間違えてしまうほどであった。

似ている部分がある。執拗なまでにくどいのだ。が、これは、文字ではなく口伝で伝えていく文化に共通しているものがあるのかもしれない。インド人の民族性かもしれない。

「さて、もとに戻りますと、自らの乗りものである風《ルン》をともなう『八十自性の分別の心』が、『真っ白に現れた心』に溶けはじめるとき、『燈明を燃やすような心の光景』を生じます。

それが『真っ白に現れた心』に溶けて、次のような心の光景を現出させるのです。

『真っ白に現われた心』の段階に至った兆しとして、秋の晴天の夜、月の光によって満たされた虚空《こくう》の如く、甚《はなは》だ清浄なる白い光の相の光景が心の中に現出するのです。

それは、胸より上の左右の管にあるすべての風《ルン》が、中央の管を開けて頭頂の少し上の結節をほどき、その中央にある父より得た白い精液

《ハム》字が逆さになっている相↓で存在する

が、水の性質をもつものであるために下方に下がっていき、胸の左右管の六つの結

節の輪《りん》（チャクラ）の上に到達することになる、とこのあたりは、チベット語のわからない日本人には難解中の難解ですね。

外人に『無』という文字を書いて、〝この字の意味の大切さを知れ〟と言っているのに等しいことだからです。

したがって、体の外側から月の光が入り込んできたということではないのです。この状況を『顕明（ナンワ）』あるいは『空（トンパ）』というのです」

と言って、忽然は聴講生たちのほうを向き、

「死ぬということは、厳密な手続きが必要なのです」

と言った。

3

「その後、その乗りものである風《ルン》をともなう『顕明《ナンワ》』（微細な意識の一つで〝真っ白に

現れた心〟の別名）が『増輝《チェーパ》』（〝真っ赤に輝く心〟の別名）に溶けて『増揮』の心が現れたとき、秋の晴天を日光が満たしたように、以前よりはるかに清浄で晴朗な赤、あるいは赤黄の光景が心の中に現れるのです。

それは、胸より下の左右管のすべての風《ルン》が、中央の下門から入り、性器にいちばん近い結節の結び目などを順にほどいていったことにより、臍《へそ》のチャクラの中央にある母より得た赤い精液（チベット語のཨ〝a〟の文字の右側の⊤部を｜のように変形させたような相で存在する、火の自性をもつもの）が上に昇って、胸の左右の六つの結び目の下に到達するまで、そのような光景が心に生じるのです。したがって、体の外側から日光が入り込んできたということではないわけですね。それを『顕明増輝《けんみょうぞうき》（ナンワチェーパ）』、あるいは『甚空《じんくう》（シントゥトンパ）』というのです」

教室の中には、一種の熱気のようなものが、静かにだが、漂い出ていた。

それは、忽然の話の技術でそうなったとかいうのではなくて、『クスムナムシャ』のもっている〝死の神秘〟に触れた、驚きに近いものが教室を支配していたのであった。

それほど、『クスムナムシャ』は、死を、具体的に、論理的に捉えていたのであった。

その論理は、近代の西洋医学からすると、立証的なものではなくて、一笑に付すべき種類のフィクションに近いものに、医学者には思えたかもしれないものであった。

しかし、かつて近代西洋医学が追求したことのない〝死以後〟のことであって、それは医学の分野の仕事ではなくて、宗教の分野に入る仕事だったのである。

けれども、日本の宗教では、『死』後、もしくは『死の瞬間』に、ここまで詳細に、巧みに、しかもある意味で医学的（生理・衛生学的）に、死を説いたものがあったであろうか。

そして、驚嘆するのは、これが『無上瑜伽タントラ』という修養法のテキストだということである。

『無上瑜伽タントラ』の『生起《しょうき》次第』、さらには『究竟《くきょう》次第』に修学していくための入門書だと聞けば、その抱いていた驚愕は、さらに倍加するに違いないのである。

「まだ奥があるのか！――」

ということになるが、この先で述べられることになる「中有の章」「生の章」よりも、もっと奥ということになれば、師資相承の世界であるから、灌頂を受けなくては修養のしようのないことである。

仏教ではあっても、明白に日本の大乗仏教とは異なる後期密教の『秘密集会《しゅうえ》』の『聖者流《しょうじゃりゅう》』の流れを汲む、一見、異教かとさえ思える、しかし、明白に仏教なのであった。

今まで述べてきたことや、これから述べることを、修行者は、現実に「瞑想《ヨーガ》」に取り込んで、擬似体験していくのである。もちろん、適切な指導者、リンポチェ、師《ラマ》を得てからでなくてはできることではない。残念ながら、忽然には、その資格はなかった。

したがって、一つの講座として、情報を伝える役目でしかなかった。

その情報は、仏教として、充分に斬新なものだったはずである。

しかも、これから述べる「中有の章」や「生の章」は、『倶舎論』の十二因縁などに、密接に連結していくのである。もちろん『方広大荘厳経』という釈迦の仏伝にも、無縁ではなくなってくる。

それは『輪廻転生』を土台とした、仏教の壮大なドラマであるとさえ、忽然は思っていた。

「その後、その乗りものの風《ルン》をともなう『増輝』が『近得《ニェートプ》』という〝真っ黒に近づいた心〟に溶けていくんです。

『近得』段階の前半では、秋の晴天時、昼と夜の間の、分厚い暗黒により満たされような光景に出会います。これが〝真っ黒に近づいた心〟と呼ばれるものなんですね。

それは、中央脈管の中で、上からの風《ルン》と下からの風《ルン》とが集まって、胸の左右の六つの結び目をほどきながら、中央脈管の胸の位置にある〝不滅（ミシッペー）のティグレ〟に達して、それに触れた縁により、そのような光景が心の中に生じるのですね。

だから、体の外側から暗黒などが現れる、つまり影響を受けるということではないんです。この光景を『近得』、あるいは『大空（トンパチェンポ）』といいます。

また、『近得』段階の前半では、心の光景の認識対象を生み出す、これを〝生起《しょうき》〟というのですが、それができます。しかし、『近得』の後半では、どのような対象も想起することはなくて、気絶したように真っ暗なものとなります。

それから非常に微細な風《ルン》と、非常に微細な心以外の、ほかの一時的に生じた風《ルン》と心はなくなってしまいます。輪廻転生の最初から根源的にある、きわめて微細な風《ルン》と心の想念が生じるまで、『近得』の後半の、想念のない状態というものがつづきます。

その後、非常に微細な風《ルン》と心に想念が生じて〝死の光明（シーウッセル）〟というものが現れます。

ちょっと整理をしてみましょう。

〝八十自性の分別の心〟が順に溶け込み終わりますと、溶けるというのは、そういうエネルギーがなくなってしまうことを言うんでしたね。すると、次に分別が再び生じるまでの間に、秋の晴天に月光が満たすように〝真っ白に現れた心〟の風景が現れますが、それ以外の粗《あら》い主観と客観の対立はなにも現れない。それが〝真っ白に現れた心〟の特徴です。

さらに、分別が順に溶け込み終わって、次に分別が再び生じる。その間に、秋の晴天を日光が満たすように〝晴朗な真っ赤な心の光景〟が現れますが、それ以外の粗い主観と客観の対立はなにも現れません。それが『顕明増輝《ニェートプナンワ》』の特徴です」

教室内からは、小声一つ聞こえなかった。忽然の講義に聞き入っていた。生命の不可思議な「臨命終《りんみょうじゅう》」の謎解きを聞いているのに近い感覚を抱かされているのに違いなかった。

それは忽然の力というよりも、『クスムナムシャ』のもっている論理と、論理のディテールの矛盾のない見事さに、聴講生たちも異の唱えようがなく、講義の先が知りたくなって、忽然の話す言葉の一つひとつを待望しているようで、興味津々《しんしん》となっていたのであった。

忽然も、

「これは、私の持論などというものではなくて、『クスムナムシャ（チベット死者の書）』というテキストの受け売りです。ですから、私見の混えようがないのです」

と言っておいた。そして、さらに講義をつづけていった。

「『近得《きんとく》』が溶けて光明を照らすときに、『近得』の後半の無想は清められて粗い主観と客観の対立は少しもなく、秋の晴れた虚空に月光、日光、暗黒といった〃汚染《ぜんな》の三つの縁（レチェーキケンスム）〃と離れた黎明の虚空そのものの色（顕色《けんじき》）、それはとても清朗、清浄で、純粋な心の光景が現れるのです。

ここで少し私見を述べさせていただきますと、まず月光、日光、暗黒のことですが、薬師如来と関係している気がいたしますね。薬師如来は、釈迦如来の医の方面の分光であるという考え方があります。釈迦は誕生以前から、下生《げしょう》して摩耶夫人《まやぶにん》の母胎《もたい》に入胎《にったい》（托胎《たくたい》ともいいますが）します。そのときには釈迦の入胎を祝って、薬木《やくぼく》が花を開くという挿話が、さりげなく『方広大荘厳経』に述べられております。成道したときにも、医王のことが出てきます。このように、釈迦と〝医〟のことは切り離せません。その医の部分を受け持っているのが薬師如来で、チベットではメン・ラといって、釈迦如来と同格といってよいほど尊崇を受けており、ポピュラリティーもあります。その脇侍菩薩が〝月光菩薩と日光菩薩〟なのです。暗黒という不安な響きに対しては、前立てとして十二神将《じんしょう》が祭祀されています。これは日本の寺院の祭祀の仕方なのですが、薬師如来という生命を守ってくださる如来の脇侍や前立てに〝月光、日光、十二神将〟というのは、先の〝秋の晴れた虚空に月光、日光、暗黒〟が〝光の光景〟として現れるというのに適応しているように思えてなりません。

さらに、晴朗、清浄、純粋ということですが、我を忘れるほどの互いの歓喜で、自分でも汚しようのないものが、男女のセックスにおける〝最高の歓喜〟で、愛しあっている男女の〝倶生《くしょう》歓喜〟は、清浄、純粋な瞬間であると思います。つまり、タントロジーとセクソロジーは背中合わせのものであると思います。仏教は、その意味で、ストイックなものを説こうとはしておりません。人間といいますか、衆生のありのままを説いているんですね。たとえば、私たちは鶏、豚、牛、羊といった生きものを食べて、この命をつないでおります。常に食べる側、人間の側からしか見ていない。それは、スーパーマーケットで商品化されている肉片しか見ていないということにもつながっていると思いますが、たまには食べられてしまう畜類の側からも観察してみるといい。人間がどのように見えるのか。経済至上主義だけで、この地球が円満に解決していくのか。マンションブームだけれども、マイホームの木材は、生きていたものを伐り倒している。その木の側から人間を見てごらんなさい。こんな嫌な生きものは、ほかにいませんよ。

人間を南瞻部の身体を持つものと言いましたね。その南瞻部という大陸は、四大陸の中で三角なんです。それも逆三角形で、▽という形に曼荼羅には描かれています。これは、女性の、ごく一般的な陰毛の形状です。それが五輪を積み重ねたときには逆転して△というピラミッド型になります。

人間が住むためには〝場〟が必要になります。人間（有情《うじょう》）を容れる器《うつわ》です。それを『器界《きかい》』というのです。器界は土地でもありますから、有限です。プロパティー、財産、資産、リアルエステートで、またまた経済の法則に支配されてしまうのですが、本来は『器界』です。これがファンディングなどとマッチングいたしますと、ディベロップメントということになり、究極で、スクラップ・アンド・ビルドなどということになって、高層建築、タワーなどというビルになる。地震が恐いですよね。耐震となっているといいますが、机上計算です。シミュレーションしているとはいってもね。しかし、それも『器界』でしかない。地球には砂漠がいくつもあって、その面積は増えています。草木や水があったところですよ。そろそろ考えたほうがいいでしょう。もう手遅れかもしれないけど、人間が『器界』の破壊者になっているんですね。『器界』を破壊することは、環境の破壊であり、土台の破壊なのです。『器界』がなかったら、一切のものがなくなってしまうんです。大国や巨大企業がなにをやってもいいとなったら、この『器界』そのものが崩壊するのだという見識をもっていただきたいと思います」

4

「〃汚染の三つの縁（レチェーキケンスム）〃と離れた黎明の虚空そのものの色という心の光景が現れる。それは、空性（トンパニ）を直観的に理解する。先ほども言いましたが、ものは他と関係しあって存在しているのであって、それ自体、それのみで存在しているのではないということ、これが空性です。自己のみで存在しているのではないなどということは、食生活、住生活、衣生活を考えても、すぐに理解できることです。革のジャンパーを着ていたら、皮革《ひかく》になる前の生きものの視線で、一度見てごらんなさいということです。実に簡単なことですね。人間だけで存在できる道理がないんです。セクソロジーをきちんと考えたら、男女は平等なのが当然で、白い精液と赤い精液という〃性質〃の相違や役割の相違はありますが、まったくの等価です。どんなに男性社会と威張ってみても、人間は十二因縁の〃識〃、つまり受胎の瞬間から、その生、紛らわしいので『一期《いちご》』と呼びましょう。それは、女性の『母胎《もたい》』から〝本《ほん》有《う》〟として『胎内五位』を生存しはじめるのです。このことをシッカリとわかっていたら〝女のくせに〟とかいう語は死語になりますよ。〝空性〟がわかってないのですね、そういう語を発する人は。

　ものごとの本質を真剣に学びなさい。そうしたら〝空性〟を観じない人は皆無となります。〝空〟を絵空事の〝空〟にしてはいけないんです。〝色《しき》〟とは〝眼に見える世《も》界《の》〟ですから、『境《きょう》（対象）』であって、〝眼《げん》〟という『根《こん》』、すなわち自己以外のものです。それは『色（他己《たこ》）即是空』で、対象とは即ち、是《これ》は、それとのかかわりあいである。他己《たしゃ》との関係は即ち、是《これ》、対象物があるからである。で、『空即是色』という『般若心経』の文言で、それ自体で、自立しきっているものなどなにもない。己自身も、当然そのカテゴリーから遁れられるものではない。それを自覚しなさいと言っているだけで、なにも難しくありません。〝空〟は虚空のようなものだとか、存在しないものや、空気みたいなものだなどと思っているのは、半端に坐禅や瞑想をした人の意見だと思いますよ。そんなトリッキーなこと、お釈迦さまは言っておりませんよ。もっと実践的なことなんです。

そこを突破しちゃうとね、『般若心経』ってわかりやすくて、すばらしい経典なんです。すべてが入っていますから。

その〝空性〟を直観的に、禅定《ぜんじょう》において理解してしまう智慧、これを『等引智』（ニャムシャイェーシェー）といいますが、そのときにおける、心の中に現れる光景のようなものであると言っています。

それは、白赤の二つの精液が〝不滅のティグレ〟といいますから、輪廻のときから持っている根源的なものということですが、その中に溶けていきます。

中央脈管のすべての風《ルン》もきわめて微細な〝持命の風《ルン》〟に溶けることによって、そのような光景が現れるのであって、外界の光景に影響を受けているのではないのです。

それを〝死の光明〟、あるいは『一切空（タムチェトンパ）』というのです。

実は、これが〝実際の死〟なのです。

この実際の死である〃死の光明〃には、三つのものの言い方が含まれています。

①〃死の光明〃は『基本の法身《ほっしん》』

②その晴朗な認識対象を『基本の自性身《じしょうしん》』

③それを認識対象となす認識主体の知識を『基本の理解の智法身《ちほっしん》』

ともいいます。

ごく普通の人は、三日の間〃死の光明〃にとどまりますね。

それから白赤の精液が、それぞれ体外に放出される兆しが示されます。

しかし、病気で体力を非常に消耗した者は、何日経っても、赤白の精液の兆しが現れないことがあります。

こうしてみると、精液（セクソロジー）というのは、実に根源的なものなのだなということがわかりますね。

また、瑜伽行者が、その境涯の力の高低によって、光明を法身と混合してから、どれくらい〃死の光明〃にとどまっているか、その日数は決定できないといいます。

顕明・増輝・近得の三つが、光明とそれにともなうものに溶けるというのは、前者の心のはたらきの能力が壊されたために、後者の心のはたらきの能力がはっきりしたことを〝前者が後者に溶ける〟というのであって、前者が後者の性質に変質することをさしているのではありません。前者のエネルギーの衰弱をさしているんですね。それは〝持命の心の能力の保護〟なんです。

換言すると、輪廻の維持のメカニズムだと思います。

ですから『人は死なない』。もっと明確に言えば、『人の輪廻の根源となる〝持命の心〟は死なない』ということで、日本では、これを〝霊魂〟として扱っています。霊魂に関しては、釈迦は〝無記《むき》〟といって答えていないということですが、釈迦の教えそのものを深く理解していけば、自ずと答えは出てくるということなんですね。

このあたりは、あの一休宗純ともあろう人が誤解をしている。ずいぶん無仏《むぶつ》論者的なことを言っております。それは『霊魂』と訳してしまったことに起因しているように思われますね。

秋の空を譬《たと》えにあげたのは、地上の塵《ちり》が虚空に上がっているのを夏の雨が落としてしまうことと、雲によって大空《おおぞら》が隠されてしまわないという二つの条件がそろって、とても晴朗な空模様が多いことからであるといってますが、このあたりは、『死の章』のあとがき的な雰囲気が強いですね。

虚空というのは粗い障害を取り除いた晴朗なものということと同様に、顕明・増輝・近得・光明という『四空』も、意識の上で粗い分別の顕現を解析、克服することで、晴朗な心の光景を現すという、二つの現れ方が相等しいために譬えにあげたのであって、虚空などが実際に現れるということではない、という大変に重要なただしがきのようなことが記されてあります。

また、次のようにも記されてあります。

『四空』の一つである顕明の前に八十自性とその乗りものである風《ルン》（ツォンカパ大師の『菩提道次第論』〈台北版〉には、風《ルン》を馬車とたとえています）をともなうもの、それらが溶け終わったなら、『顕明』『増輝』『近得』の三者のときには、溶けるべき風《ルン》はもうないのかといえば、一般には〝微細なもの（タモ）〟と〝粗いもの（ラクパ）〟とが多く存在するので、粗いものが溶け終わっても微細なものは存在するというのです。

ですから、微細な風《ルン》だけが知識のよりどころとなるときとは、風《ルン》が『顕明』に溶けてから『近得』が『光明』に溶けるまでの期間だというのです。

さらに『四空』についてもただしがきがあります。『四空』の場合、前者の意識から後者の意識へとだんだんに微細になっていったことによって、意識の上では、最初の心の光景である世俗の粗い顕現が弱まって、晴朗な心の光景が現れたのであって、『空性』を認識対象となしているのではない、とあります。

ですから、一般の人たちの場合には、心は実体のあるものだと錯覚して、ついつい執着してしまうばかりで、ま、悪あがきとでも言いますか、それよりほかに、実体のないものとしての顕現、すなわち『空性』の顕現は心に現れないのです。このように言っています。

実体のないものへの執着というのは、ほかでもありません。『生（実在）』への未練であり、『死』へのネイチャーな覚悟の不確実さ、それは、この世は無常であり、変転していくことが当然の世界であり、今、自分は、その〝変転の岐路〟に立っているのだという思い。これは口で言うのは簡単ですが、とても〝勇気〟の要ることなんです。だからこそ、手遅れだとわかっていても、〝なにか〟に頼りたい、すがりたいと思ってしまうのは人情なんです。理解もできることです。逝《い》く人の傍にいる看取《みとり》の者は、〝なにか〟逝く者の頼りになるものを与えていやりたいと、人情として思うものなのですね。その結果、日本では、源信の『往生要生』の『臨終の行儀』における、阿弥陀如来立像から幡《ばん》を垂らして、幡の足を握らせるとか、糸を繋いで、その糸の端を握らせる。つまり、阿弥陀仏に西方浄土に引いていってもらうという、『浄土教』の影響でしょうが、〝仏頼み〟の考え方になってしまうのです。仏頼みも究竟すれば自力と変わりません。それは念仏丸という人物がいて常に念仏を唱え、唱えているときには我はなかったという挿話があります。念仏が念仏を唱えるところまでいけば〝自他力〟でしょう。実体のない『空性』の顕現は、現実には心に現れないのです。この世は〝自己《じこ》〟と〝他己《たこ》〟との関わりあいで成立しているという『空性』は、哲学なのであって、実体のあるものではありません。日ごろの修養、修行によって、自然体《ネイティブ》に、薫習《くんじゅう》という香の香りが染み込むように、身についている者であれば、『空性』≒《ニアイコール》〝実体のあるもの〟的にはなりますが、それは行者の力量で海と山ほどに異なるものなので、定見《ていけん》は出せません。したがって、一般の人にとっては幻のようなものとして捉えることはできません。ですから『空性』は顕現しない、と言っているんですね。それなのに、そこに執着しても、人情とは別に、冷厳な死の事実の前では、人情などは、実は全然、逝く者には通じないものなのです。人情はすべて遺《のこ》された者たちへのためのものであって、慰めであったり、癒しであったり、強引な納得でしかなかったり、〝しかたがない〟という諦感《ていかん》（あきらめ）であったりなのですが、死に向かう者には一切無関係です。死ぬときは、死にます」

5

「たとえば、野球におけるピッチャーの立場というのは、実に孤立無援のものですね。監督がどんな作戦を立てようと、ナインに、気楽に行けと言われても、ホームランを打たれてしまえば、ジ・エンドです。結果的にダメ投手となるわけです。周囲でいくら逝《い》く者を慰めても、結局、時間の問題で、死ぬ者は死にます。おそらく一番承知をしているのは、担当医でしょう。

〝すべての手は尽くした。あとは天命のみ〟

と思っているはずです。そして、

〝あとは、宗教家の仕事になる可能性のほうが高いな〟

と、ひそかに思っている心の部分があるはずなんですね。しかし、これはあまりにも医師の本音すぎて、とても口外できることではありませんし、医師の心の中深くに

しまっておくべきもので、あくまでも建前では、

〝最後の最後まで医療的努力をつづけます〟

というものになるのですが、もう、医療的には手のほどこしようはなくなっているのです。


そのことは、誰もが暗黙のうちにわかっていることなのです。しかし、決して口にしてはならないこととして、貝が蓋を閉じたように口を塞いでいる状態です。

欧米やその他の国々では、この状態のときに、遺族の意思で、宗教家が病床に招《よ》ばれることは、ごく普通のことです。もちろん、個人差はありますけれども。


ところが、日本では、仏教僧侶を招くのは、

〝縁起が悪い〟

とされてしまっているのです。ほかの患者の手前、病院側も賛同してくれませんので、現在の段階では、病床の枕辺で、逝く人の思いを聞いてさしあげることも、低声で祈ることもできないのです。

もう、みんな、本当は、医師よりも、逝く者の精神《こころ》の整理をして、落ち着かせてあげたいと思っているんです。

そのほうが、遺族も救われますし、医師の負担も軽くなるのです。

そして、ほかの国々では、宗教家の役割として実践されているのですが、日本では、民族性なのでしょうか、それとも〝死のシステム〟の問題なのか、忌みごとにされてしまっているんです。遺族にも医師にも手のほどこしようがなくて、そのことで心を安らげさせられるのは宗教家だけだというのに、日本の病院には、よほど僧侶はなじまないものとされているようです。

ですから、枕経一つあげることができなくなっているのです。

ほんの少し前の時代、病人が自宅で息を引き取るのが普通であったころは、棺に納める前に、枕経をお唱えするのは当たり前のことだったのです。それが住宅事情や、往診などをやっていると病院経営が赤字になるということから、病院での死が普通になってしまったのですね。

将来的にですが、欧米のように、臨終のときから僧侶が病床近くに付き添ってあげられる日がくるといいのだが、と思っています。

さて、『クスムナムシャ』に戻りましょう。

先の場合の『四空』、『顕明』『増輝』『近得』『光明』の四つでしたね。この『顕明』の前に『八十自性の分別の心』が溶けていくんですよ。

そして『四空』は、有情《うじょう》と言っていますから、生存するもの、情は心の働きです。したがって感情を持つものの意味で、生きているものの総称です。犬も猫も、豚も牛も、馬も象もすべて有情で、ちゃんと大脳皮質も、人間よりは少ないですがあります。犬で、人間の三─五歳くらいの脳の能力はあるといわれています。実際にいっしょに生活してみますと、犬も猫も、とても利口ですよ。ところが、国によっては食材にしてしまうところもあります。日本でも、終戦後しばらくの間、赤犬は美味《うま》いなどといって捕えて食べたりしましたよ。

今ではないでしょうけどね。

しかし、すべて有情です。

その有情が死ぬときというのは、全員に『四空』は現れるのです。ですから、死ぬときに空性を理解するかどうかが大切で、それは誰でも努力、修養、修行で身につけるもので、そうでなかったら、全員、解脱することになってしまいますね。そうなったら、修行も勉強も不要になってしまいます。仏教そのものが不要になってしまいます。そんなことはありえません。日常から信心している者と、〝神も仏もあるものか〟という人が、同じ亡くなり方をするとは、私も考えたくないですね。

一般の人たちは、〝死の光明〟が現れても、それと確認できないで受け入れるんですね。〝あ、死の光明だ〟と確認して受け入れるのではありません。それを〝母の光明（マイウッセル）〟といいます。

対して、修道時に、睡眠と覚醒に悩まされますが、そうした結果、観想の力によって現れた光明を〝子供の光明（プーイウッセル）〟といいます。

その二つの〝死の光明〟のときに、混合して観想することを〝母子の光明の混合

（ウッセルマプデーパ）〟と言います。

その〝死の光明〟は、一般に光明の条件を正しく備えているか。その答えは、違うということです。

瑜伽行者が〝母子の光明〟を混合し、『空性の理解』をともなって、その光明の意味を捉える場合は、光明の条件を正しく備えたといえるのです。修行による証果《しょうか》となるわけです。

でなかったら、つらい修行や勉強なんて、誰も好きこのんでやりませんよ。そうでしょ」

と言うと、聴講生たちがドッと笑った。

「一般に、光明は二つあるんです。

①微細の空性が認識対象であるという光明で、これは『母の光明』。修行なし。

②微細な『空性』が認識対象であると理解する智慧《イエーシエー》が、認識の主体である光明で、『子供の光明』もしくは『母子の光明の混合』で、これは行者の修行の証果です。

この修行と証果を合わせて説いたのが『修証義』で、義は真理の義《ことわり》です。もっとも、そのことを質問した檀信徒に、『修証義』は意味を考えるものではなくて、ただお唱えするものです、と答えた坊さんがいたというんですが、道元さんも泣いちゃうね。

『死の章』の結尾に、これらの死の過程は、『無上瑜伽タントラ』の『生起《しょうき》次第』『究《く》竟《きょう》次第』という、死を法身《ほっしん》に転変させる修道論と、〝譬えの光明（ペーウッセル）〟から〝勝義の光明（トゥンキウッセル）〟に至るような浄化の対象の中心であるから、これらをよく理解することは非常に重要なことである、と結んでいます。

以上が、『【ゲルク派版】チベット死者《クスムナムシャ》の書』の『死の章』です。あと『中有の章』と『生の章』があります。それは次回の講義で述べます。

どうですか、実に、日常の仏教だったでしょ」

忽然の言葉に、聴講生たちが、ドッと笑った。

「死は日常ですよ。その死をよく知っておくことが、日常を楽しく生きるということですし、死を恐がらなくてすみます。だって人間は死なないんですから。その理由を講義しているんですからね。

人は死なない。ただ転移するだけです。

ただ、次の生《しょう》が、ウサギになるのか、ネズミになるのか、あるいは人間か、ともかく有情です。人間になるのは、日常の行動しだいなのです。偉人は、必ず〝人間に生まれ変わります〟といっても、偉人イコールお金持ちではありませんよ。お金で輪廻転生は買えません。

以上です。では、また次回、お会いしましょう」

と言って、講義を終えた。

拍手が起こった。聴講生にもおもしろい講義であったようである。

第四章

1

忽然は、最近、

（年齢《とし》だな）

と思うことがあった。すでに六十代後半に入りはじめていた。

僧侶になりたてのころは、〝出歩き三年〟などと言われて、全国を歩き、修行の見聞を広めるということが大切とされていた。行脚《あんぎゃ》という呼び方をする。

ところが、最近の小寺院の経済事情では、自坊で檀信徒が依頼してくる仕事を待っていたら生活はできない。大きな寺は別格で、悠然と構えていたらよい。しかし、小寺院の住職は積極的に、なにか別の仕事を探して働かなかったら、小寺院は経営していけるものではなかった。

地方の寺院の住職は、地元の小・中学校の教師をしたり、町の役所に勤めたり、東京に出てタクシーのドライバーをやっている住職もいた。自坊で葬儀や法事があると、そのときだけ帰郷するのである。

忽然は、さいわいなことに、文才らしきものがあったので、漫画の原作、脚本、小説、仏教書と、そのときどきの流れに応じて、原稿を書いて生業《なりわい》としていた。自分が〝作家〟だなどという意識は、正直に言ってない。

かつて三十代のころには、漫画の原作が、やたらに売れたときもあった。そのころは僧侶にはなっていなかった。それどころか、逆に宗教嫌いだったのである。

忽然の祖母と母が〝霊媒師〟をやっていて、忽然は、特別な宗教環境の中で育っていた。それが災いして、逆に宗教嫌いになっていったのである。

けれども、祖母の八重は、忽然に、なんとか僧侶になるようにと、口癖のように言っていた。それが忽然にはよけいに嫌だったのである。

霊媒師としての能力は、母よりも、祖母のほうが強かった、と忽然は子供心にも思っていた。

降霊の依頼などがあると、母か祖母のどちらかが「依代《よりしろ》」になり、もう一方が「審話《さにわ》」の役になった。

役廻りは前もって決めてはなくて、そのときどきで変わっていた。憑依《ひょうい》されると、どちらかが昏倒した。そして、まったく違った声のトーンで呟くように喋ったり、ときには大声で怒鳴り散らすこともあった。

一般の人には、なにを言っているのか見当もつかない。それを〝審話〟が聞き取るのである。

忽然は、小学校に入る前から、そうした場面に立ち合わされていた。祖母にしたら、修行をさせているつもりがあったのかもしれない。そのために、霊媒の方法は、きっといろいろな流儀があるのかもしれないのだけれども、祖母の方法は『八葉蓮華《はちようれんげ》院流《いんりゅう》』といっていたが、そのやり方は、忽然は、知らぬ間にマスターさせられていた。

しかし、忽然は霊媒師などになる気はなかった。

やがて、祖母も母も故人となった。

そして、忽然が四十歳になったとき、突然、それこそ僧名どおりに、忽然と、

「坊主になる」

と出家したのであった。

忽然自身は、

「祖母と母に引っ張られたんだな」

と勝手に思い込んでいた。そして、

「それなら、それでいい」

と思って、縁があって、臨済宗の禅僧になったのであった。そのころは、漫画原作から、小説のほうに仕事をシフトしていた。いろいろな分野の小説を創作していたが、小説では、漫画のような強い読者からの反応はなかった。編集部の意向に沿って作品を執筆していた。それがよかったのかどうかは不明である。黙々と、木工職人が板を削るように、原稿用紙に文字を連ねていた。

そのうちにPC《パソコン》や、ケータイ、モバイルゲーム機、モバイル音楽と、多様なエンタメ媒体が出現して、漫画や小説に多大な影響を与えて、出版社ごと身売りするところが現れてきた。平成の出版不況に、忽然も巻き込まれていたが、そのころの忽然は、自分の仕事を、仏教書のほうにシフトしていた。

現在では、仏教書が仕事の主流になっていた。

さらに、忽然は、講演や、カルチャーセンターの仕事も引き受けていた。生活のためにはなんでもやらなくてはならなかった。

東京の新宿にある、新聞社系のカルチャーセンターの講師も引き受けていた。中京新聞の講座の後、そのまま東京に向かって、再び講師をやった。規模は名古屋とあまり変わらなかった。

東京のほうが早めにスタートしていたので、話のテーマは同じだったのだけれども、内容の進行が少し早まっていて、『チベット死者の書（クスムナムシャ）』の『中有の章』を講義することになっていた。

前回の『死の章』が興味深かったためであろうか、約二十人の聴講生は、ほとんどが顔を揃えていた。忽然は講義を始めた。

「今日は、『クスムナムシャ』の第二章になります、『中有の章』のお話をさせていただきます。

中有の身体という言い方をしますが、実際の死を経た死者は、次に、そうした身体を形成します。その過程というのも、実に興味深いものがあります。

『中有』というのは、日本では『中陰《ちゅういん》』と呼ぶことのほうが多いのですが、〝ちゅういえん〟と発音することもあり、どちらも間違いではありません。七週間ありまして七×七で四十九日忌という言い方もしますが、必ずしも四十九日間が必要だということではありません。早い人は、死の翌日に転生してしまうこともあるといいますし、ダライ・ラマは現在十四世ですが、十三世が死んだときと同じ日、同じ時間に誕生しているんですね。国内外から、その時間に生まれた者、赤ん坊を探し出して、〝生まれ変わり〟として養育して、最終的にダライ・ラマといたします。ダライ・ラマほどの聖者になると、死と同時に転生してしまいまして、死と次の生の中間の期間である『中有《バルド》』が、ほとんどありません。

それは、ダライ・ラマには〝私心〟がなく、その行うところは、衆生のための〝善行〟ばかりなので、死と同時に人身を得て転生してくるという考え方なんですね。

ですから、どんなに長い期間がかかる人であっても四十九日以上の転生の期間はかかりません。

しかし、どういう生きものに転生するのか、それはわかりません。善行よりも、悪行の多い人の転生は、たいてい、人身の果報はないと言われています。

ですから、四十九日忌を『満中陰《まんちゅういん》』といいます。

輪廻《りんね》の主体となるものの心は、『死の光明』の中にいて、ある一定の期間動くことなくとどまっていますが、やがて、しばらくすると、震えて、わずかに揺れます。同時に、その心は光明の中から起き始めるのです。

この『中有の章』、その後の『生の章』も、そして前回の『死の章』も、『学研』発行の『ヤンチェン・ガロ撰述』で、前にも言ったことがあると思いますが、訳者は『平岡宏一』という清風高校の先生をなさっておられますが、早大を卒《で》られた後、京都の種智院大学で学ばれ、さらに高野山大学の博士課程に進まれた学究の人です。私のほうは以前からお名前は存じあげていたんですが、高野山大学在学中に、南インドにあるチベット仏教寺院のギュメ寺に留学されて、ラマ・ロサン・ガンワン師に師事されたんです。ラマといって師を付けるのは奇妙なんです、師《ラマ》ですからね。そこで外国人としては初めてのCERTIFICATE（公式証明書）を受けました。平岡さんは、ヤンチェン・ガロの書いた『ゲルク派版・チベット死者の書（クスムナムシャ）』を、手書きのチベット語（ガロの肉筆かどうかは不明）から日本語に訳されたんですね。直接お読みになりたい人は、学研の文庫本にもなっているとのことです。私が手に入れたものは四刷のものですから、相当売れたことはわかります。

私は、全文の引用と言いますか使用を、学研の増田氏経由で、平岡さんに頼んでもらいましたところ、その日のうちに『使ってよい』という、思わぬお返事をいただきまして、急いで平岡さんにお礼の手紙をさしあげましたら、意外にも、ご本人から電話をいただきまして、『わからないところがあったら訊《き》いてください』というのです。感激しましたね。

それで『クスムナムシャ』をモチーフにした本を一冊書き上げました。しかし、まだ納得できないんですね。自分の理解力に。『倶舎論』『倶舎論記』『方広大荘厳経』やその他の参考資料にも当たりまして、こうして皆さんにお話しているというのが経緯です。

難しいというのではないんです。みなさんも同じだろうと思うのですが、理解はできるのですが面喰らうんです。ある種のカルチャーショックだと思います。ニンマ派の『チベットの死者の書《バルド・トゥドル》』も読んでおりますが、ちょっとショックの種類が違うと思います。

私なりに何度も咀嚼《そしゃく》しまして、こうした講義に使わせてもらっていますということで、先に進みましょう。

光明の中から起き始めたときに、胸にある白、赤の碗を合わせた形の粒状の滴《ティグレ》の口が開いて、中から、非常に微細な風《ルン》と、非常に微細な心が外に出ていくのです。風《ルン》は心の乗りものです。

その際、肉体は捨てられて、中有の身体を形成するのです。

それと同時に、胸にある父から受け継いだ白い精液は下に降りて性器の先端に、また母から受け継いだ赤い精液は上に昇って鼻の穴より、それぞれ外に出るのですね。

また、〝死の光明〟の乗りものとなった玉色の光彩をもつ風《ルン》は、中有の身体の、直接の原因、質料因《しつりょういん》といいますが、それになって、中有の心を形成する際の共働縁、つまり補助的な縁となるんですね。

逆に、〝死の光明〟の心は、中有の身体の共働縁、中有の心の質料因となったことで、どこかで生まれるべき人の姿をもつ中有の風《ルン》の身と別に分かれることによって真実、成就するのだといっています」

「成就するとき、『顕明《ナンワ》』『増輝《チェーパ》』『近得《ニェートプ》』の三つが、前に説明した順番と逆行して〝真っ黒に近づいた心〟が現れ、それと同時に〝死の光明〟のとらわれから離れ、中有が成就するんですね。

2

逆さの順番で〝死の光明〟から離れるというわけです。

『大乗阿毘達磨集論』『倶舎論』『五部地論』（『瑜伽師地論』）等、多くの文献にも、〝死の光明〟から離れることと中有を成就することの二つは、秤《はかり》の両端の高低のように同時であると説かれています。

中有者は化生《けしょう》であるために、支分《しぶん》（手足）、分支（指爪）などのすべての根《こん》が同時に成就するのです。

だから、中有を成就した直後の心は『逆行の近得《ルドキニェートプ》』という道順をとるのです。

まず、逆行の『増輝』を、次に『顕明』を、『顕明』を経由して〝八十自性の分別《ランシンゲチュイトッペーセム》〟を生じて、その中有の者が生まれる場所と香り、新しい環境を捜すために、活動的に動きまわるのです。

そのとき、また以前の説明とは順番が逆になって『近得』より『陽炎《ミギュ》』に至るまでの諸々の兆しが順に生じてくるのです。

肉・血・骨などからなる粗い身体を捨て、風《ルン》のみでできたきわめて微細な心と身体をもつ中有者を、基本の受用身《ルンク》あるいは食香《ティーサ》、ガンダルヴァ、乾闥婆《けんだっぱ》等々と呼びます。

そのような中有が存在することを譬えると、次のようなことになります。

私たちが眠りに就《つ》きますね。このときは、死を迎えたときと同じような、〝睡眠の場合の四つの兆し〟と〝四空〟が現れたのち、〝眠りの光明〟が一瞬だけ現れるわけですが、そこから起きようとすると、体外離脱、〝夢の身《ミラムキルー》〟を起こしはじめます。〝眠りの光明〟より起きたならば、夢の身を成就して、種々の活動を行う。その後、睡眠から覚めはじめるとき、幽体である〝夢の風《ルン》〟は、鏡に息を吹きかけたように、端から消えて、胸に集まり、古い蘊の中央脈管の中にある、本性を分けることができない、非常に微細な風《ルン》に溶けます。それから眼を覚まして、いつものような活動に入っていきますね。

そのような『中有の本性』の特徴は、次のようなものです」

と忽然は、白板に文字を書いていった。

①一切の根《こん》が揃っている。
②化生であるから支分と分支のすべてを一度に形づくる。
③微細の身をもつために、金剛石《ドルジェ・パラム》によっても壊すことができない。
④自分の母の子宮のような、生まれる場所以外の、須弥山など、どこにでも障害なく行くことができる。
⑤業《レェー》のような神通力により、瞬間にどこにでも望むところへ行くことができて、

仏によっても止めることができない。

「これを見ますとね、『死の章』の最初に書かれてある、〝この世界ができたばかりの、初劫の閻浮提の人たちは、以下のような特徴をもっていた〟という、その特徴と非常によく似ているんですね。

初劫の閻浮提の人が住んでいた場所というのは、もしかして『中有』ではなかったのかという気がします。中有の身体の者の食べものは、食香ですから、香の香りと烟《けむり》しか食べない。段食は食べません。

『クスムナムシャ』の作者のイメージの中には、鶏と卵論の中で、『中有』が最初であるという、〝輪廻転生〟の開始を考えていたのではないかと思えるフシがありますね。これは、あくまでも私の感想ですが。

おもしろいのは、次に『声聞』『縁覚』の二乗、いわゆる阿羅漢について述べているのですが、中有において『中般涅槃《ちゅうはつねはん》』の境涯があるため、中有の者が、絶対的に来世の生を享《う》けなくてはいけないといった条件を承認することはない、というんですね。

釈迦如来は『大般涅槃』ですが、中有で『中般涅槃』に入るというのは、発想として愉快ですよね。

中有の寿命の特徴は、最も長くて七日だというのですが、中有を成就してから即座に生を享けることもあるから、その寿命の長短を決定することはできない、ともいっています。

大・中の意味は、大きさを示すものではなくて、中有での涅槃を意味しているんです。

この七日の間に〝生の縁〟が集まらないときには、七日ごとに小さな死を迎えて、改めて新たな中有それのみを成就して活動するのですが、七回のチャンスがありますから、必ずなんらかの生の縁を集めるのです。

そのことは『瑜伽師地論』の『本地分』に説かれています。

七日めごとの小さな死のようすは、鏡に息を吹きかけたら曇りが出て、その端から収縮していくように、中有の風《ルン》が、上下より順に胸に集まって、中有の場合の〝八十自性の分別〟とその乗りものである風《ルン》に溶けるのです。

次に中有の者に、死の四つの兆しと四空とが、刹那にすみやかに現れて、中有の〝死の光明《シーウッセル》〟を実現する。

それから、その光明の乗る風《ルン》を質料因となして、逆行して起きた『近得』を成就したことと同時に、中有の風《ルン》の身体をまた、もとのように成就するんですね。

中有の身体に小さな死がどれほど訪れても、中有のメカニズムで、中有の身体のみに生まれ変わるのです。

その中有の者が、自らの前世の死体を見ても、業《レェー》の関係を断った力によって、その古い肉体を自身の身体と考えることや、それに入りたいという気持ちは生じないと、『本地分』には説かれているのですね。

ですから、死体が、仮死ではないかぎり、よみがえることはありませんね。

中有の身体が、生の縁を集めて、いずれの生を享《う》けるかという場合の体外への移動について、地獄に生まれるならば肛門より移動し、餓鬼に生まれるなら口から、畜生に生まれるなら尿道から、人に生まれるなら目から、欲天に生まれるなら臍から、夜叉に生まれるなら鼻から、また、成就の天や人非人のいずれかに生まれるなら耳から、色界に生まれるなら眉間から、無色界に生まれるなら頭頂からと、『サンプタタントラ』の八章に説かれています。『サンプタタントラ』というのは、母タントラの中のサンヴァラ系に属する釈タントラであります。

そして『瑜伽師地論』などに〝古い身を捨てるならば胸より意識が移動する〟と説明していることと矛盾するかといえば、矛盾しないのです。というのも、身体の内側で意識が移動する場合には、最初に胸から移動するからなのです。

しかし、身体の外側に移動するのは、さまざまなところより体外に出ていくと説明されているとおりだというのです。

また『倶舎論』では、〝突然死ではなく、徐々に死に至る場合には、臍から胸に、心が死の移動をする〟ということを、また『倶舎論釈』が、〝悪趣に生まれるならば足から、人に生まれるならば臍から、天に生まれるときと阿羅漢が死んだ場合には胸の位置で意識が衰弱していく〟と説明しているのを、どのように考えたらよいかといえば、それは、それらの場所で意識が弱まったということを説明しているわけで、足などの場所で、身根の感覚が衰弱したことで、そこの意識がなくなっていくようすを、それぞれ別に示しただけである、といっています。

そのことは、それらの場所より意識が外に出ていくようすを示したものではないので、前に説明したことと矛盾はない、と説明しています。

見え方の特徴については、中有の者と同類の中有者どうしは見ることができるのです。

また、清浄な天眼《てんげん》によって中有の者の姿を見ることができると、『倶舎論』にはあります。

しかし、そこで、生まれつき備わっている天眼を〝不浄の天眼〟、修習した力により得たものは〝清浄な天眼〟とするといっておりますが、実は、ここは大切なところなのです。

が、それの説明よりも、先に進みましょう。

上の水準の中有は、下の水準の中有を見るということも『倶舎論釈』には説明してあります。『倶舎論』は世親（ヴァスバンドゥ）の著作ですが、その著者自身の注釈書が『倶舎論釈』なのです。

ちょっと、このあたりは、論の正当性のための文章という感になっていて、大変に難解なところなのですが、『倶舎論』や『倶舎論釈』の原典に当たってみますと、納得のいくところです。

一気に講義してきましたので、ちょっと疲れましたでしょ。五分ほど休憩します」

と、忽然が聴講生たちに言った。

確かに、ふうと溜息をつくものがいた。しかし、退屈のための溜息ではなかった。講義についていくのに必死であったための溜息であるのが、忽然にはわかった。

『輪廻転生』のなかで、一番わかりにくいのが、この中有なのである。日本では、つい『霊魂』に置き換えてしまいたくなる部分であるが、『クスムナムシャ』や『倶舎論』『倶舎論釈』や『瑜伽師地論』は、あくまでも冷静に、そして生理的に、中有を見つめて説いているのである。

このあたりを称して、キリスト教は祈りの宗教、仏教は瞑想の宗教という対比が出てくるのかもしれないのであった。

休憩が終わり、忽然が講義を再開した。

「ここからは、中有の身体の特徴を述べてみましょう。

中有の身体の大きさですが、閻浮提の人の中有の身体は、五、六歳になった児童のようだと『倶舎論釈』にはありますが、一概《いちがい》には決定できるものではないとも説かれています。

相の特徴については、悪趣の中有は黒い布地を伸ばしたもの、あるいは暗黒の夜により満たされたもののようである、といっています。

また善趣（天界・人間界）の中有は、白い毛織物を伸ばしたもの、あるいは夜、月の光により満たされたような感覚を受けると『本地分』に説かれています。

そして、色《いろ》のことについても触れています。

仏教関連で、色と書きますと『色《しき》』と受け取られてしまいますので、『顕色《けんじき》』と書きますと、いわゆる色彩です。形状は『形式《ぎょうしき》』といいます。『眼に見えるもの』は、この二つの要素でできています。触《さわ》った感じとなると『触界』の世界に入って別のことになりますよね。

その『色《いろ》』の特徴は、地獄の中有は、切株を火によって焦《こ》がしたようなもの、といってますね」

3

「餓鬼の中有は水のようなもの、畜生の中有は煙のようなもの、また、欲界の天人の中有は金のようなもの、色界の天人の中有は白などである、と『善歓喜が子宮に入る経』に説明されています。

『善歓喜』というのは、釈迦の従兄弟《いとこ》のナンダのことです。

また、姿の特徴については、生まれてくる有情の〝本有（シゴントウーキスィーパ）〟の形体をもつものである、と『倶舎論』にはあります。

『生有《キエーシイ》』とは『四有《スイーパシ》』の受胎の第一瞬をいい、生有とその第二瞬より『死有《チーシイ》』が成就するまでの『有《スイーパ》』は『本有』といいます。

これは『十二因縁』について言っているんですね。

『十二因縁』については、前々回の講座で習いましたよね。もう一度、ノートなどを見て復習してください」

ノートをひっくり返している聴講生などもいた。

忽然は、聴講生に時間を与えながら、ようすを見て、次を話し始めた。

「死の最後の瞬間、あるいは〝死の光明《シーウッセル》〟を経験するときの有は『死有』と言いましたね。これは、『十二因縁』のほかに『クスムナムシャ』の『死の章』でもお話したはずです。

『クスムナムシャ』『倶舎論』『倶舎論釈』『倶舎論記』『方広大荘厳経』にも登場してくる、仏教としてはスタンダードな論理です。

余談になりますが、といっても、私の話は、余談ばかりなのですが」

と言っても聴講生は笑わなかった。東京よりも、名古屋のほうが講義しやすかった。

忽然は、笑いがないと、話しづらいタイプなのであった。

「この〝タントリズム〟に関しては、私見ですが、ご本人は〝自分は曼荼羅の研究が専門である〟と言っておられますが、私よりも全然といっても十五歳ですが、お若い学者さんで、田中公明氏という方がおられます。彼は『チベット密教』『性と死の密教』『超密教・時論タントラ』『ネパール仏教』といった作品を上梓しています。私は平岡宏一さんのものなどと同様に、田中氏のファンで読ませてもらっておりますが、フィールド・ワークがシッカリしていらっしゃる。できたら、読んでおかれることをお勧めいたします。『後期密教』については参考になるところが多いと思います。あとフィールド・ワークということでは、種智院大学のインド・チベット研究会代表・鳥越正道『チベット密教の研究―西チベット・ラダックのラマ教文化について―』や、非売品なのですが、戦前の外務省がまとめた『蒙古喇嘛《もうこらま》教の研究』や、誤訳が多いといわれていますが平河出版の『四部医典タンカ全集』なども、眼を通しておかれるとよろしいでしょう。

なんだか本の解説屋さんみたいになってしまいましたが、私の経験からしても、初学の者は読まなくていいものに時間と費用と労力を割かれてしまいます。もっとも、それが雑学として活きてくればいいわけですが、なかなかそうもいきません。それで老婆心ながら、著書の案内をしてしまったのですが、もとに戻りましょう。

『死有』と『生有』の中間に生じたものが『中有』であり、『中有』の対極が『本有』ということで、これは図（44ページ）に示したと思います。

『本有（前のときの有）』という語句の意味を取り違えて、その中有者は、生の身の相をもつと主張することと、また『次の生の姿かたちをもつ』と説明されたものを見て、三日半は前世の姿と三日半は後世の身体をもつと主張するのは、まったく真実とかけ離れた捏造《ねつぞう》であると、『大菩提道次第《ラムリム》』に説かれています。『大菩提道次第』は、ゲルク派の祖師ともいわれる『宗喀巴《ツォンカパ》大師』の作で、ゲルク派の聖典として必須の学習書であります。内容は大乗菩薩道の実践を説いたものです。

私は、まだ僧侶にもなっていないころに、台北《たいぺい》に遊びに行きまして、なにげなく飛び込んだ書店で『菩提道次第略論釈上・下』を購い求めて、長年死蔵しておりまして、今回、慌てて取り出して、〝馬車〟（145ページ）という文言を発見したのです。本題に戻りまして――

ですから、前世の『有』（本有）という場合の前は、後世の『死有』に対しての前であって、中有を対象としての前のことではないのです。

『倶舎論』での〝本有を生じる形体をもつもの〟という場合の〝生じる〟という語句

は、未来形の語句であって、過去形の語句ではないからなのです。

また、どんな姿であっても来世生まれてくるその姿をもつ、と説明してあることから、ある者が、そのようであるならば、根《こん》がそろっていない（身体に欠陥のある）衆生は、その中有の者もまた根がそろっていないと主張するのは、まったく不適当である、といっております。

ここは、とても大切なところだと思いますので、ノートにアンダーラインを引いてください。

なぜなら、母の胎内に生まれてきてから、眼などの根《こん》に欠陥を生じてくるのであって、中有において、すでに根に欠陥があるとは、どこにも説明されていないのです。

これらは、受胎の瞬間から始まる『胎内五位』説にあることを説いているに等しいのですね。

ですから、母胎における『胎内五位』説というのは、非常に大切だということです。

中有において、すでに根に欠陥があるとは、どこにも説明されていません。

このことは、中有の者が、いずれかの来世で生まれる衆生（生きとし生けるもの）の姿をしていると説明しただけであって、すべての部分が等しくなくてはいけないということを説いてはいないので、それは間違いだといっています。

また、中有への行き方の特徴についても触れていまして、天への中有は上へと、人の中有は正面へと、悪趣への中有は頭を先にして下へ行く、と『瑜伽師地論』の『本地分』に説かれているとあります。

正直に言って、ディテールが〃見てきたように〃描かれていまして、どこまでがフィクションで、どこからがリアルなことなのか、とても判断に苦しんでしまいます。

ここで説かれていることは、生と死の中間である中有で、すでに、すべての根《こん》がそろっていなければならない〃化生《けしょう》〃が、中有の身体なのに、〃欠陥〃が生じている中有の身体があるという指摘があったのでしょう。

それに対して〃間違いである〃と反論しているのですね。

さらに、先達の論師たちの各著書、とくに世親《ヴァスバンドゥ》の『倶舎論』や『倶舎論釈』などでは、中有の者がいずれかの〝界《かい》〟に来世は生まれ、その界にふさわしい衆生の姿をしていることを述べただけであって、すべての界の者が、すべての部分で等しいというのも間違っていると説いているのですね。

それは、来世に人間に生まれた者と、鯉に生まれたものでは、鯉には手足はないですね。しかし、人間は鯉のように達者には泳げません。それらは中有で差がつくのではなくて、母胎でできあがるもので、鯉の場合は湿生《しっしょう》（水生）であって、卵生《らんしょう》ですから、卵で生まれて後に、父の白い精液を浴びるわけですが、受胎の変形です。しかし、受胎のときから「生有」は始まるので、胎生の〝胎内五位〟に相当することは鯉が卵の中にいるときから、鯉なりの〝卵内成長《らんないせいちょう》〟ともいうべきことが起こっていて、それは人間の〝胎内五位〟に対比できるようなことが起こっているということなんです。〝五位〟ではなく、鯉の場合は〝三位〟なのか〝四位〟なのか、譬えにすぎません。鯉のことが記してあるものはありません。

いずれにしても、これらの思想の根底を支えているのは〝輪廻転生〟説で、その根底を信じないい、輪廻転生などはないのだ、となったら、厖大な仏教の三蔵（経・律・論）は、すべてフィクションとなってしまうわけで、それほど〝輪廻転生〟と〝解脱〟ということは根本中の根本なのです。

すでに講座の最初のころに説明したと思いますが、地球上で〝魂〟の存在を認めていない国や民族のほうが珍しいので、魂の存在を認めると、この世への〝再生〟を考えます。それは古代エジプト文明のころからあったわけで、輪廻転生は、再生願望の体系化でもあるということなんです。

もちろん、日本にも〝無宗教者〟というのは、珍しくもなくおられるわけで、憲法にも〝信教の自由〟というものがあります。ただ、無宗教者を標榜している人でも、多種多様で、神や仏は信じないが、ご先祖は信じるとかいう人もいますし、そのステージといいますか、考え方は一様ではありません。確信的に無宗教者なのか、あいまいな気分での無宗教者なのか、あるいは〝条件つき無宗教者〟という人もおります。

神仏は信じているが、それにかかわる教団という組織や、僧侶などの職能的な人物たちの存在は認めない、という人が現実におられます。

そういう部分的な否定論はあっても、地球規模でいうと、大概《おおむね》、輪廻転生説は認められて、多くの僧侶や宗教学者が、これを研究しているということなんです。その研究も現在《いま》に始まったわけではなくて、大昔から研究されつづけた結果、今日のような体系になった。

仏教も、キリスト教も、イスラム教も、ほかの宗教も同じでしょう。私は仏教だけでアップアップ状態ですから、『聖書』や『コーラン』のことはわかりませんが、これだけ多くの人びとから信じられているということは、悪いことは書いてあるはずがありません。悪を勧めるようなものは、自然淘汰《とうた》されていくのが摂理《せつり》ではないかと、私は思っています。それが千年単位で人びとに信じられているのですから、この時間の重みというものは尊重されてよいのではないかと思います」

4

「話をもとに戻しましょう。

欲界・色界の二つの境涯に生まれる者は必ず中有の状態を経なければいけないために、良い無間《むけん》という間断のない業と、悪い無間の業の二つを為した者には、中有はないと主張するのは不合理であると『大菩提道次第』に説かれている、と述べています。

無色界に生ずる者には中有はありません。死んだ空間の、まさにそこに無色界の境涯にある四つの蘊、つまり『色《しき》』を除いた『受想行識』が成就する。

ですからね、無色界に生まれるその人は、〝死の光明〟から直接、無色界の三摩地《さんまじ》に入るんです。三摩地というのはサマーディのことで三昧《さんまい》と訳されますが、一つのことに集中して、心が乱れることがない状態のことですね。そこに入りますから、光明から逆行して生起する『近得』の心は現れることはありません。

なぜかというと、『近得』の心は、あくまでも中有の心だからなんですね。

また、無色界にあって、欲界と色界の二つにはない特別の中有において、最後の生を享《う》けようとしている菩薩が、兜率天《とそつてん》より移動して、妃の胎《はら》に、右脇《うきょう》から〝六牙の白象〟に化身《けしん》して入胎《にったい》（托胎《たくたい》）する中有の者の身体は、相好《そうごう》によって荘厳された青年の姿で、光明で、十億の四州、というのは四大陸のことで、南贍部洲《なんせんぶ》に下生《げしょう》する釈迦菩薩（まだ成道していないので、如来とは呼ばれません）で、兜率天では『浄居童子《じょうごどうじ》』と呼ばれておりましたが、四州を明るくする、と『倶舎論釈』『秘密集会成就安立次第』に説かれているとあります。仏伝文学と称するものはたくさんありますが、『方広大荘厳経（ラリタヴィスタラ）』などには、まさに下生のことが詳細に述べられておりま す。

須菩提《しゅぼだい》尊者という釈迦の十大弟子の一人で、スブーティのことですが、人と争うことがなかったことから〝無諍《むじょう》第一〟と呼ばれた人です。その須菩提が、釈尊が六牙の白象の姿で、母である摩耶夫人《まやぶにん》の母胎《もたい》に入られたと説いたことと、この特別な中有の説が矛盾するかというと、矛盾はしません。

たんに妃の夢と釈尊の出生とが共通することを示しただけなんですね。人に生まれる者の中有が、畜生の相をもつと主張することではないからです。

ちなみに牙が六本あるというのは、『六波羅蜜《ろっぱらみつ》』を象徴しているんですよ。そして象というのは、インドでは神の使いとして神聖視されているのね。とくに白象となったら、その神聖さは凄いものです。だから、たんなる畜生ではありません。南贍部に下生するときに、兜率天で、浄居童子が婆羅門の仙人の助言を受けて、六牙の白象に化身したんです。これは、仏伝文学での譬喩《ひゆ》ですよ。兜率天にいたときに「勝光天子」という人物に、下生するときは菩薩は当《まさ》に象の形と作《な》って母胎に入るべしと、婆羅門の経典である『韋陀論《いだろん》』（ヴェーダ）にあると言われたのです。

釈迦の誕生は、実質的に仏教の誕生であって、『発菩提心《ほつぼだいしん》』の根本です。ですから釈迦三尊には脇侍仏として、白象座に乗った『普賢菩薩』と、左手に経典、右手に利剣を持った『文殊師利菩薩』が、獅子座に乗っているんですね。釈迦を獅子王に譬えて賞讃している文章もたくさんあります。

そういう神聖な六牙の白象を、畜生といっしょにすることはありませんけどね。なかには、白象は人間ではない、動物は動物だと反対意見を述べたてる人もいたんでしょうね。その反論をしているわけです。ヤンチェン・ガロにしたら、ご苦労な文章ということになりますね。

たとえば、南伝仏教の、部派系の仏教者たちは言葉どおりに承認しているが、大乗の派においては仮の姿（化身）を示したと承認しているというのです。

部派系とは、好きな言い方ではありませんが小乗仏教です。初期仏教教団は大衆部と上座部に分派し、その上座部も、一切有部などに、さらに分派します。上座部はテーラワーダ、小乗仏教はヒーナヤーナとも言いますが、これは大乗仏教からの貶称で、自ら称しているわけではありません。

中有の結尾として、中有のこれらの階梯は、無上瑜伽タントラの生起《しょうき》次第《しだい》という、中有を受用身になぞらえ、昇華転変させる修道論と、究竟《くきょう》次第という〝譬えと勝義《ペーウッセルタントウン》の光明《キウッセル》〟の二つと、それにともなう〝清浄と不浄の二つの幻身《タク・マタクペーギュル》〟に浄化させるための基本であるから、詳細に知ることが重要である、といって『中有の章』を締めくくっています。

〝不浄の幻身〟というのは、煩悩を捨てていない段階の幻身で、〝清浄な幻身〟というのは、煩悩を捨てた段階のことです。

このあと『クスムナムシャ』は、最終章の『生の章』へと進んでいきます。

こうしてみますと、人といいますか、衆生、もろもろの生きものを含めてですが、そうしたものは、一切、死にません。転移するだけなんですね。

その転移の手続きとして、『本有』→『死有』→『中有』→『生有』→『本有②』と際限なくつづいているんです。死後の肉体は、蟬や蛇の脱皮後の脱け殻と同じで、なんの意味もなさないんです。荼毘にふすか、土葬するかということですね。現在でも土葬地域は、日本にもありますが、たいていは火葬です。

大切なのは、死後の肉体から、風《ルン》を乗りものとして体外に脱けていった心（識《しき》）なんです。

これだけ医学が進歩しているというのに、いまだに『心』というものが、医学ではつかめないんです。

『心』は脳か？ といったら、人体のメカニズムの指令塔ではあるが、脳は脳であって『心』ではありません。心臓か？ といっても、心臓は血流のポンプであって『心』ではありません。

男女が好きになる。あるいは嫌いになる。これは『心』の働きでなるのですが、なぜ好き嫌いができるのか、これも医学では解明できません。

解明できれば〝惚れ薬〟なんて、すぐに作れるはずですが、いまだにできておりません。

生と死の関係に似ているのが睡眠です。REM《レム》睡眠と熟睡と覚醒があるのまではわかっています。精神科の中には『睡眠学会』というものがあるんですが、そこでも、睡眠に関するすべてが判明しているわけではありません。

たとえば、『夢』というもの。これは、なぜ見るのか、ほとんど研究されていません。

夢には何種類ものものがありますが、〝こうだから、こういう夢を見た〟ということを、医学的に明解に説明することはできません。

医学が万能だと思ったら、大きな間違いで、行き着く先は、宗教的なことだと判明することはたくさんあります。

臨終近くになるほど、そうなっていくのですね。

この『クスムナムシャ』のディテールなどを医師が読んだら、どう受け取るのか。おもしろいフィクションですね、と言いきれない恐さがあります。

死と日常的に接しているのは、医師と宗教者と、葬儀社でしょうからね。

『クスムナムシャ』を、まず医学用語にして、それを日常語に訳して読んでみたいと思いますね。

それほど、『クスムナムシャ』というよりも、仏教そのものが、〝医学的〟〝生理学的〟〝衛生学的〟なものだと思えるわけです。

ただ、医・生理・衛生の面からだけでは解明のしようがない。とくに輪廻転生の連鎖については、医学的に論証のしようがないでしょう。

では、『中有の章』を終えたところで、本日の講義を終わらせていただきます」

と忽然が頭を下げた。東京でもやはり拍手が起こった。

忽然は、

（みんなが知りたがっている、仏教の謎めいた部分を『クスムナムシャ』が説き明かしているということかな）

と思った。禅宗では、「生死事大《しょうじじだい》」という。生きていること、死ぬこと、これ以上に大切なことはないという意味であるが、その「死のメカニズム」と、衆生は死なない、転移するだけであるという、転移のメカニズムを述べていることが、聴講生に拍手をさせているのだろう、と思った。

第五章

1

忽然は、寺の常連である角田老人と好子夫人、恒夫青年の訪問を受けた。

彼らは月に一度は忽然の話を聞いていたので、相当の仏教通になっていた。

『クスムナムシャ』については、出版社と著者名を教えておいたので、各自が取り寄せて、各自なりに予習をしてきていた。

忽然は少しのあいだ惑ったが、

「『生の章』の話をしよう」

と言った。

「え？　『死の章』と『中有の章』は？」

と恒夫クンが言ったが、その胸のうちを見透したように、

「あなた方のことだ、すでに何回も読んでいるはずだ。それで、結論の部分を話した

ほうが、気分的にスッキリすると思ってな」

と忽然が言うと、角田老人は、

「和尚にすっかり肚《はら》を読まれている。わしは、『生の章』つまり〝再生への過程〟が知りたい。歳《とし》を取るとせっかちになるというだろ」

と笑った。今日は花林糖ではなくて、ケーキを持ってきてくれたので、インスタントだが、コーヒーを淹《い》れた。

「第三の階梯は、輪廻する主体の中有《バルド》の者が、胎蔵において生を享《う》け、息づくようすということで、かなりセクシュアルな過程だよ」

と忽然が語り始めた。

「中有の者が母の子宮に生を享けるためには、三つの必要条件を実現して、三つのあってはならない欠陥を離れなさい、といってる」

「母が病でなく、生理をともなう場合であることね」

好子さんが言った。予習をしてきていた。

「中有の者が近くにいて、子宮に入りたがっていることですね」

と恒夫クンも、負けじと言った。

「そして、父母の二人が互いに欲望を感じて接触していることの三条件ですな。理に適っている」

と角田老人が頷いた。

「うん。本を読んで来たな。反対に駄目なものの三つだがね。母の子宮の中央が麦の形、蟻《あり》の腰、駱駝《らくだ》の口のような形をしている場合というんだが、チベット流の表現のうえに私は婦人科の医師ではないからわからないが、雰囲気としてわからなくもない」

と忽然が首を振った。

「風《ルン》・胆汁《ティーパ》・粘液《ベーケン》のチベット医学でいう三体液が痛んでいる場合ですね、次は」

「そう、恒夫クンの言うとおりで、ここまでを『子宮の欠陥』というんだが、さらに三つめは、父母のどちらかが精液、血液がなかったり、あったとしても、それらを放出する時間が前後することで、二人が同時に放出できなかった場合というから、『四《し》歓喜《かんぎ》』のうちの『倶生歓喜《くしょうかんぎ》』になっていないことをさしているんだろうな」

忽然が言うと、角田老人が、

「なるほど。わしにはもう無理だが。放出してもどちらかに欠陥がある場合で、これが『種の欠陥』ですな」

と言って頷いた。

「つまり、人間にかぎらず、妊娠の条件ということよね」

と好子さんが結論づけた。

「そう。そして、実は次の三つめの欠陥が難儀でね、中有の者が父母二人の子として生まれる業《レエー》がなかった場合と、逆に父母二人のほうに、中有の者の父母となる業がなかったときで、これを『業の欠陥』という。縁がないということだろうな。これら三つの欠陥を離れなさい、と『善歓喜《ぜんかんぎ》が子宮に入る経』に記してあるというんだな。『律分別《りつふんべつ》』、『根本説一切有部毘奈耶《いっさいうぶびなや》』という戒律、二四九条あるんだが、そこに六つの要点として記されてあるんだが、内容は同じだよ」

と言って忽然がケーキを頬張った。

「そうした六つの要点を満たした中有の者が、父母二人が性交をしているのを幻のように見て、自分も性交がしたいという〝貪《むさぼ》るような強い欲望〟が生じてくるんですね」

好子さんが念を押すように忽然に言った。随分と際《きわ》どいことを口にしたが、女性が言っているのだから許されるのだろう。もっとも〝受胎〟の話をしているのだから、〝性交〟は避けては通れない。現在なら、精子と卵子と言うだろう。

だが、純粋に医学的なことばかりではないので、戸惑う部分が生じるのだ。

次の性別が決定するくだりなどは、医学書に載っていまい。

「次にだ」

と忽然がケーキを飲み込んで言った。

「男に生まれるならば女を求め、男からは離れたがり、女ならばその反対の欲求が生じてくるんだな。そして、中有の者は、父や母となる対象と性交したいという〝貪るような強い欲望〟を感じる」

「中有での近親相姦ですね」

「しかし、恒夫クン、父母は『本有』にいるんだから、たんに念《ねん》の問題だろうね。それも中有者だけの受胎以前の念ということになる」

「それでは倫理的にどうとは言えんな」

と角田老人がコーヒーをすすった。

「次からがおもしろいですね。中有の者の業の力によって父母二人の身体の他の部分はどこも見えなくなって、性器のみが見えるようになるので怒ってしまう」

「そう、そうやって恒夫クンは生まれたんだな。しかも、怒りと〝貪るような強い欲望〟との二つの原因によって死の縁をなして中有の者は死んで子宮に入る」

忽然が言うと、角田老人が、

「うん、うまい。ケーキじゃないよ。話がさ、実に巧妙にできあがっている。これで、見事中有から、おさらばできる。中有と本有の両方に命があったら変だからね。当然、中有の命は消さなくては矛盾が生じる。それがここで消えるんだ。まさしく性《エロス》と死《タナトス》だな」

と、しきりに感心した。

「作者は凄いストリーテラーですね」

恒夫クンが言うと、好子さんが、

「フィクションじゃないのよ」

と戒めた。

「ですね」

「神聖な行為なのよ」

「食香《ティーサ》（中有の者・ガンダルヴァ）は父母二人が性交をすることがないかわりに、間違って精液と血液が性交していると見るというのが『瑜伽師地論』の『本地分』の説。『倶舎論釈』には再び、中有の者は父母が性交しているところを見ると説いているな」

　忽然がのんびりと言った。

「父母の二人が和合して二根（男根・女根）が摩擦して、歓喜と快楽《けらく》の力によって、下風が上に昇って脈管《ツァ》の交差する中心にある、臍のチャクラの奥（トゥモ）等を点火し、熱の力を発生させることで、白赤の精液が溶解したものを七万二千の脈管や支管にゆきわたらせる。

　そのことで心身が楽になり満足する」

と忽然が一気に言って、コーヒーカップを口に運んだ。

　寺で飼っている小犬のモカが、疲れを知らないように、境内の芝生の上を走り廻っていた。ただ走っているのではない。突進しては、方向を急転廻させて、また突進していった。

「見てるだけで眼が廻るわ」

と窓から見ていた忽然が、可愛くてしかたがないという顔で言った。

「狩り用の犬の血でも入っているのかなあ。雑種は確かなんだ。あ、最近ではミックスというんだそうだね」

「和尚。孫でも作りなされ」

「角田さん。うちの若夫婦には、そんな気はないらしいよ。それに年に一度顔を見せて、小遣いせびられるんだったら、小犬のモカのほうが可愛いわ。劫照のおねだりで飼ったんだがね。まさにアニマル・セラピーでね、癒されるよ。お蔭でね、最近では、ペットといっしょのお墓に入りたいという人が多くてね」

「和尚さん。人間界と畜生界では住む世界が違うでしょう」

恒夫青年が、若者らしく潔癖なことを言った。すかさず、忽然が、

「臨機応変は、禅の極意よ。人間だっていつ犬に転移するかもしれんぞ」

と微笑した。

「モカのお蔭で台湾リスが少し減った気がするな」

「ところで、まだ話の途中ですぞ。そのように、〝貪るような強い欲望〟から快楽と

満足に至った男女から、精液のそれぞれドロッとしたものが生じ……いや、リアルですな……その後に父母の双方より精液と血液の滴《ティグレ》が生じるのである、とありますな」

と角田老人が本を読み上げた。

2

「次にそれは母の子宮の中で混合して、牛乳を煮るとできる浮膜《ふまく》のようになって存在する。そのようにしてできあがった精液と血液の混合物の中央へ、中有の者の死の意識が入るのである……ここなんだよ。人は死なない、転移するだけだと言ったが、中有の者の死の意識、それは持命のものなんだな。輪廻の根本の心、識なんだ。それが転移をして生きつづけてゆく。凄いことだよ」

忽然が言った。

「それこそ、無量寿（無限の時間）ではないですか」

「角田老人のいうように阿弥陀さまだな」

と忽然も言った。

「そのようすも書かれていますよ。

〝最初に中有の者が、父の口、あるいは頭頂、または母の性器の入り口の三か所のいずれからより入り、七万二千の管のうちから降りてきた精液と出会う。

そのとき、中有の場合の（心の）分別《ふんべつ》を動かす諸々の風《ルン》に溶けて、『顕明《ナンワ》』『増輝《チェーパ》』『近得《ニェートプ》』の三つが順に心に現れるのである。

中有の者に訪れる〝死の光明《シーウッセル》〟などは、前に古い身体を捨てて死に至った場合に比べると、ずっと瞬間的に短く心に現れる。

そのとき、〝陽炎《ミギュ》〟より〝光明《ウッセル》〟に至るまでの諸々の兆《きざ》しが現れて、〝光明〟が消えると同時に精液と血液の混合した中央に入胎《にったい》して生を享けることと、光明から（死に至るものとは逆の順番で）進んで『近得』を成就するのは同時である。

『近得』の心の最初の一瞬は『生有《キェーシィ》』と名づけられるもとであり、子宮に最初に入胎した心である〃」

一気に恒夫青年が読み上げた。

交代するように、好子さんが、つづきを読んでいった。

「〃次に『近得』の第二刹那《せつな》（二番目に起きるほんの一瞬）以下、続いて『増輝』、次に『顕明』、『顕明』より〃八十自性の諸々の分別《ランシンゲチュイトッペーセム》〃が、乗り物である風《ルン》をともなうものを生じる〃のね」

「そして〃『顕明』の乗り物である風《ルン》より意識のよりどころとしての特別な能力をもつものとなった風《ルン》を生じ〃とややこしいが、風《ルン》の能力の格が上がったということだな。その特別の能力となったところから〃火界〃を生じ、次いで水界、地界などが順に生じてくるというんだな。

さらに、中有の者がどの門より子宮に入るかについては『秘密集会成就法安立次《ひみつしゅうえじょうじゅほうあんりゅうし》第《だい》』に、大日如来の別号である毘盧遮那《びるしゃな》の門のある頭頂より入ると説いてあるとのことだ。

また、『マハーサンバローダヤ・タントラ』、これは『無上瑜伽タントラ』の〝母《も》タントラ〟で、光明について詳しく説かれているというんだが、それと『秘密集会タントラ』を補う〝釈タントラ〟の『金剛鬘《こんごうまん》』の二つには、父の口より入ると説明されていることから、中有の者は、最初に父の口、あるいは頭頂より入って、父の秘密処より出て、母の蓮華に入ってから、子宮にある白い精液と血液の中央に、中有の死の意識が入胎すると考えられている。

私が、ゲルク派の高僧タムトゥック・リンポチェから聞いたのは、この意識は、青黒い固まりだということだった。

『倶舎論釈』では、よりダイレクトに、母の性器の入口から入ると説いてある。

ということから、中有の者には、母の性器の入口と、父の口、頭頂の合計三つの子宮に入る門があるということだな。

しかし、これは胎生の『人』の中有の者が子宮に入ることを特に述べたのであって、一般には入口の穴は特に必要としない。

『鉄の玉を裂いたら、中から小さな虫が出てくることがあると聞く』と『倶舎論』に説かれている、とも記してあるよ」

「それはどういう意味ですか?」

恒夫クンが、忽然に訊《き》いた。

「中有の者はどこでも通り抜けることができるということだな。固い岩や、割れ目のない石のうちにも虫がいることから、そう言ったのだろうよ」

と忽然が答えた。

「ところで、子宮の中で身体がしだいに大きくなっていくということがありますな」

と角田老人が訊いた。

忽然が、残ったケーキを一口で食べて、飲み込んだ。そのとき〝ケキョ〟と鶯が啼《な》いた。

「ほ、鶯だ……」

「そ。角田さん、鶯は梅の咲くころより、本当は今日みたいに、もう初夏だなあと感じさせるときのほうが啼くんですよ。住んでるとわかる……

　で子宮というものは、母の胃の下、大腸の上の位置にあると『善歓喜が子宮に入る経』に説かれている。現在なら大腸といっても、上行腸、横行腸、下行腸、S字腸と、家庭の医学にも図入りで描いてあるが、この時代だからね。それにしては正確なほうなんじゃないかな」

「うん。寛骨の中に納まるようになっとるんじゃろ、好子さん」

「寛骨って、骨盤のことですか?」

「男性よりも、女性のほうが大きい……」

「そういうことですよね。受胎で、胎児の成長を考えてあったんでしょうね」

「経験者の言葉は重いな……」

　角田老人が首をすくめた。途端に、また鶯が啼いた。

「子宮で息づく最初の生物、つまり胎児だけどね。

『メルメルポ』→『タルタルポ』→『ゴルゴルポ』→『タンギュル』→『カンラギ

ュ』と説明しているのが『秘密集会成就法安立次第』で、『倶舎論釈』『善歓喜が子宮に入る経』では、『ノルノルポ』→『メルメルポ』と後の三つで、多分『タルタルポ』とか『ゴルゴルポ』だのの言い方の違いで、双方、間違いではないよ。

これらを『胎内五位《たいないごい》』と呼んでいるんだけど、経典によって胎内にいる時間に多少の違いがある。『本地分』では、『ノルノルポ』と『メルメルポ』は順番が逆だけど、名前は同じだといっている。

このあたりは、錯綜している感じがあるな。どれが正しいとは言えんな」

と忽然は言って、

「メルメルポというのは、外側が、牛乳を煮たときにできる浮膜のようなもので覆ったもので、内側はとても淡いものである。

そうしたものから粗い蘊が成就する、というのが『善歓喜が子宮に入る経』の説なのです」

と言葉を継ぎ足した。

「これまでにもたびたび出てきている〝粗い〟と〝微細〟の区分や意味は、どういうことなのでしょうな？」

角田老人が訊いた。

「とても雑把なもの、あるいはフィジカルなものが粗いもので、メタフィジカルというか、人間の肉眼で可視不可能な領域の細かいもので、多分に精神世界的なものを微細と呼んでいる気がします。フィジカルと言ってしまうと、危険な断定の範囲に踏み込んでしまう気もしますが、フィジカル寄り、もしくはフィジカル側といった感覚的な要素も含めてのものである思いが私にはありますが」

「なるほど。対して微細という中には精神的な浄化も含まれているのでしょうね」

「おそらく角田さんの想像されているとおりだと思いますよ。微細という表現の仕方のなかには、浮遊感のようなものも感じますしね。スピリチュアルなものも感じます。ただ日本人が感じる霊性よりも、インド・チベットのほうが、より生理学的、衛生学的で、しかもディテールの区分と詳述が、きわだって具体的だと思いますね。大括弧や中括弧で括《くく》らずに、小括弧で、場合によっては、顕色《けんじき》と呼ばれる色彩や、形《ぎょう》色《しき》である形状にまで規定を加えてきますね。これは民族性の相違も含まれたものかもしれません。現に、日本では流通《るづう》（通用）しにくい表現もたくさんありますからね」

「ですな」

と角田老人が頷いた。

「経典でもそうなんです。梵・漢・和讃とありますが、梵讃は、非常にリフレインが多い。それも定形化しているので、〟もう、わかったよ〟と日本人だと思ってしまいます。しかし、仏説とついた経典などでは、そこを省略するわけにはいきませんから、そのリフレインのパッセージどおりに読誦しますが……」

「観音経普門品、法華の第二十五品の長行《じょうごう》（散文部）でも、何度も定形句が繰り返されますね」

好子さんが言った。好子さんは『法華経』のファンである。ファンには信者の意味もある。

「好子さんの言うとおりです。ただ、通常は偈文《げもん》、〝世尊偈《せそんげ》〟といっていますが、そちらを読誦することのほうが多いです。長行と偈は内容がほぼ重複しているんですよ。それと、本来は偈はなくて、後から付け足されたともいわれていますが、真偽は不明です。〝普門品〟じたい、初期の『法華経』にはなくて、後に編集されて〝流通分〟として加えられたという説もあります。現在、日本ではほとんどが、鳩摩羅什《くまらじゅう》訳の『法華経』が読誦されていますよね。〝妙法〟なんですが、『大正新脩大蔵経』にも〝正法〟以下、何本かの『法華経』が載っています」

「そうなんですか」

さすがの好子さんも『大正新脩大蔵経』までは読んでいなかったのであろう、驚いた顔になった。

3

『クスムナムシャ』に戻ると、死に至るまで微と粗の身などは四界の〝地・水・火・風〟から成就したもので、前にも言ったことがあると思うけど、おのおのシンボルマークの形が決まっているのね。で、作用も決まっています。

□状の地界の風《ルン》は、つかむ作用。
○形の水界の風《ルン》は、集める作用。
△形の火界の風《ルン》は、腐らずに成就させる作用。
D形の風界の風《ルン》は、広げる作用。

『メルメルポ』は七日経つと新しい風《ルン》が生じて、風《ルン》が熟したことで『タルタルポ』になる。
『タルタルポ』は、肉になるには柔らかすぎる。内も外もヨーグルト状です。これが七日経つと『ゴルゴルポ』になる。

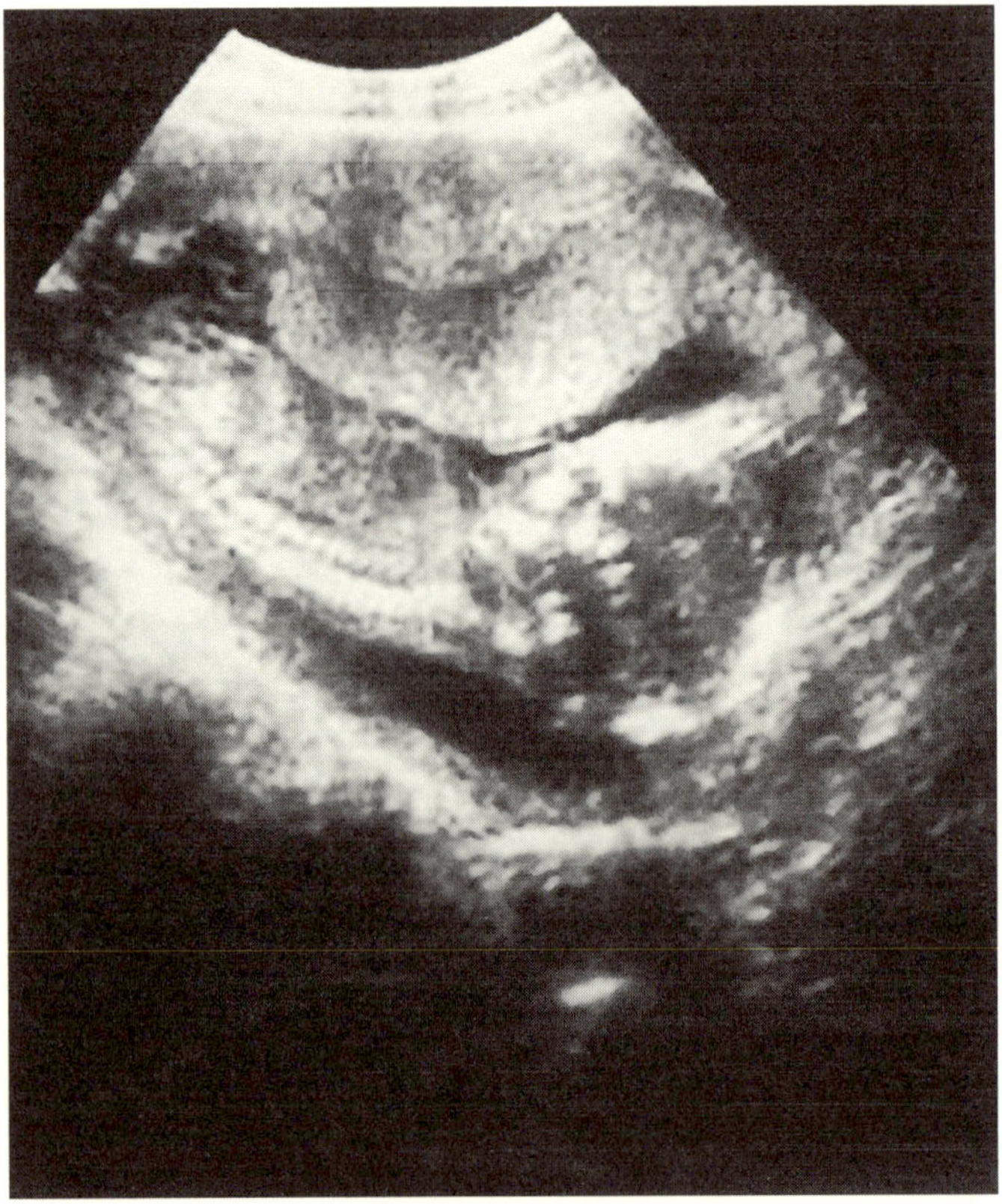

胎内のエコー写真

『ゴルゴルポ』は、『タルタルポ』よりも固まるが、押さえたりすることには耐えられない。

　さらに七日経つと『タンギュル』となる。

『タンギュル』は、肉は少し固くなって、押さえられるのに耐えられるようになる。

また七日経つと『カンラギュ』と呼ばれるようになって、二本の太股、二つの肩、頭と五つの突起がはっきりと出現する。

　五週間ですから三十五日間ですね」

「現在でも妊娠中の胎児の成長度は、週単位なんですよ。なんで七日なのかしら？」

「そういえば、お釈迦さまも七歩歩いて〝天上天下唯我独尊〟と言いましたよね」

「それはいろいろあってね。〝我於世間最尊最勝〟というのが通常の誕生偈で、〝天上天下唯我独尊〟に相当するんだけど、仏伝というのはたくさんあって、『方広大荘厳経』では、東西南北に上と下の六方を七歩ずつ歩いたとされているし、これに東南・西南・東北・西北の四方を加えて十方を七歩ずつ歩いたというのもある。『天上天下唯我独尊」の二句は、『大唐西域記』と『有部毘奈耶雑事』にあるだけで、ほかには出てこない。それがやたらに有名になってしまったということなんだけど、七というのは梵では吉祥の数字で、ラッキー7《セブン》ということかもね。それに暦法の単位でもあったのかな」

「そうなんだ」

と今度は、恒夫クンが、新知識に驚いた顔になった。

「いや、忽然和尚は、歩く仏教エンサイクロペディア（百科辞典）じゃな」

と角田老人が微笑した。

「いや、知らないことだらけの駄坊主ですよ。しかし、駄坊主になるのも難しい」

忽然が答えると、角田老人が、

「なるほど……」

と深く頷いた。

「五週間で五つの突起が出ると言いましたが、実は、四週間のあいだに白・赤の精液

などを分けて、
父の白い精液から、精液、筋肉、骨。

母の赤い精液から、血液、皮膚、肉。

を得て、意識が入った精液、血液の場所は後に胸となる。

そこに非常に微細な風《ルン》と現在の心の二つと、精液と血液との二つ、合わせて四つの球は芥子《けし》粒ぐらいの大きさで、それを中央にして、覆う形で中央脈管があり、左右から、左右管の二本が、中央脈管に三回ずつ絡《から》みついている。

次に上に向かう風《ルン》が上昇し、下に向かう風《ルン》が下降して、右左中央の三つの脈管が上下に分離してくる。

身体は上下の二か所が細くなって、中央が太い魚のような形になる。

それから順に五つの突出と、その後にそれから生じる『五支分《しぶん》』と、そのもとに髪・爪・汗・毛などの『分支《ぶんし》』や『有色根《うしきこん》』を生じる。

また男女の性器と、口から出入りする息と、声をつくりだすものである舌や顎などの『口の八住処《はちじゅうしょ》』、意識が対象に対して動く想念の完成などがしだいに生じてくる。そのように子宮の中で成長して、男子ならば母の右側に、背骨に面して直立する形で入り、女子ならば母の左側に、前面を向いて直立する形で入っている。

子宮に入っている期間の単位についても、『善歓喜が子宮に入る経』には、三十八週間を満了してから生まれると説かれているが、日数に換算すると二百六十六日で、一月《ひとつき》を三十日で月換算すると、八・八か月であるから、私らが日本で世間的に言っている十月十日《とつきとおか》とは大分差異が生ずることになるな。しかし『瑜伽師地論・本地分』ではプラス四日で二百七十日と言っているし、『マハーサンバローダヤ・タントラ』では十か月めに外に出たいという心をともなうと説かれている。

なんか経典によってバラバラのように思えるが、この三つの説は、まるまる九か月と九日半かかることが共通している、とある。

つまりね、一日の数え方が違っているんだよ。

私も、タムトゥク・リンポチェの講義を聞いたときに経験したけどね。〃太陽が昇って沈むまで、これが一日の昼間なんだよ。午前九時から午後五時までが勤務時間で、あとはアフターという現代の日本人の感覚とまるで違うんだ。

ま、暦《こよみ》というのは、その時代や国によって異なってくる。九曜、六曜、七曜で、現在は世界的に七曜を使っているが、時間となると、サマータイムを取り入れている国と、年中を変えない国がある。日本も昭和の一時期に導入したことがあるが、もとに戻した。

日常は七曜を使っているのに、急に六曜になることが、日本であるよ。結婚式の仏《ぶつ》滅《めつ》と、通夜・葬儀の友引《ともびき》だよ。これは両方とも、大安や赤口《しゃっこう》と並んで六曜の曜日《ようび》の名前だけど、友引は、友を引くといって、通夜・葬儀を避けるし、結婚式は仏滅をやめる。立柱式、いわゆる建前とか、地鎮祭は、大安を選ぶんだな。日常生活のなかで、月火水木金土日の七曜のほかに、大安、仏滅、友引が別立てで、特別な日として入ってくる。六曜が生きているんだよ。これが占いになってくると、北斗七星や、『宿曜経《すくようきょう》』の二十八宿《すく》などが入ってくる。この『宿曜経』の占法《せんぽう》は、〝密教占法〟などと別称でも呼ばれているけれども、大陸から持ってきたのは、ほかでもない弘法大師空海なんだよ。天皇に差し出した『請来目録』の中に〝二巻四十紙〟として入っている。フルネームは長いよ。『文殊師利菩薩及《ぎゅう》諸仙所説《しょせんしょせつ》吉凶時日《きっきょうじにち》善悪宿曜経《ぜんあくすくようきょう》』というの。一回じゃ覚えられないし、言えないよ。不空三蔵訳となっているんだけれども、不空造ではないかという説もある。

不空という人は、天文に知識のある人だったから。

地球儀を見るとね、赤道はわかるな。これに白道《はくどう》というのが赤道と斜行して描かれている。これは赤道が太陽の道なのに対して、白道は月の道。これが『宿曜経』の二十八宿《すく》。二十九宿なんだが、一宿は運行しない宿星があるので、二十八宿。これは天文学のわかる者にしか書けない。それで不空訳ではなく造(作)ではないかという疑問が生じたのだろうと思うけどね。不空自身が訳だと言ったら、訳なんだろうけどね。

なんで空海が、この経典を請来したかというと、両部曼荼羅の胎蔵曼荼羅で、胎蔵には界は付かない。界が付くのは金剛界だけ。だから両界曼荼羅とは本来言わない。

両部曼荼羅です。

その胎蔵曼荼羅の〝最外院〟、競馬じゃないけど、大外《おおそと》に宿曜が描かれている。たとえば一番下の列、ここは西になるんだけども、ここには房宿・心宿・尾宿・箕宿・牛宿・斗宿・女宿と描かれている。ついでに言うと、十二宮《ぐう》、洋風にいうと星座なんだけど、蝎宮・弓宮・秤宮。さらに曜日の月曜、土曜、水曜が描かれている」

「うひゃあ、まさに大曼荼羅ですね」

恒夫クンが大袈裟に驚いた。

「だからね、宿曜の所依《しょえ》の経典として、『宿曜経』を請来したんだよ。ところが占いに使われた」

「易と同じじゃな。『易経』は人生訓としてのものだったが、八卦《はっけ(か)》に使われた。六十四の教訓の読み方、観方でどうにでもなる。で、占いに使われた。筮竹《ぜいちく》と算木を使って、『易経』の何番めになるかを観《み》る」

「あれ？　角田さんは、占いもやるんですか？……」

「やらんよ。ものには、本来的な目的以外に使われることがあって、そちらのほうが知れわたるということがあると言いたかったのさ」

「角田さんの言うとおりだな。そういうことで、ひと月は、月が満ちて欠け終わるまでを一か月とする考え方をした。『善歓喜が子宮に入る経』『本地分』『マハーサンバローダヤ・タントラ』の三経では、そうしたところでの相違だろうね。月が満ち欠け終わると、実は二十八日間なんだ。二十八宿。さらに、女性の月経も二十八日周期。海の干満は、月の引力が影響している。そこで、子供の誕生は満潮時、人の死は干潮時という人も出てくるし、地球の海と陸の対比は七対三で、人間の固形部分と水分の対比も七対三だという説も飛び出してくる。いろいろだよ。数合わせをしてもしかたがないんだけどね」

忽然は、話が脱線したのを感じながら言った。そして、さらに言葉をつづけた。

忽然が話を脱線しても、不満をもつ者はいなかった。それというのも、忽然の話は、脱線のときがおもしろいからであった。

「三十五週めになると、蘊《うん》（五蘊）処《しょ》（十二処）界《かい》（十八界）、手足（支分）と、指・爪（分支）などの身体と、言葉を述べる場所である舌・顎と、意識が対象を捉える諸々の想念などが完成する。これは『十二因縁』における『受胎（受精）』の一瞬である『識《しき》』から『生有』が始まり、すでに『中有』の身体は死んでいる。さらに『名色《みょうしき》』を経て、〝六つの感覚器官〟がそなわる『六処《ろくしょ》』に至っているんだね。識（カララ）→名色（ガナナ）→六処（プラシャーカ）という『胎内五位』を成就しているということで、次には『触《そく》』という、誕生から感覚は備わっていても、まだ感覚対象を弁別し、苦楽の原因を明瞭に判別できない、生後二、三歳までの段階を迎えようとしている。

そのため三十五週めに入ると、生まれ出ようとする者は、子宮の中にいることに満足できず、外に出たくなってくるんだ。

そして三十週めになると『三世両重』と呼ばれている前世からの『因』、〝業《レェー》〟によって生じた『支分』という風《ルン》が起こって、子宮の有情（胎児）は、その身体が頭と尻が入れかわって、手足を縮めて、子宮から胎門に向かう。

さらに、前世の業、『過去二因』の『無明』と『行《ぎょう》』などより生じた『顔が下を見る』という風《ルン》が起こって、子宮の有情は頭を下に、足を上にして、子宮の道より外に向かい、三十八週めの最後に外に出て、通常の視野のものとなる。

ところで、私は逆子《さかご》といって、足から先に出たうえに、臍《へそ》の緒《お》が首に二重に巻きついて外に出た。当然なんだけど、仮死状態だったらしいんです。

臍の緒が首に巻きついているのを袈裟懸け子《けさかけご》といって、僧侶になったほうがいいらしいんだ」

「それでお坊さんになられたのね」

「ところが、好子さんが思うほど、いいことはなにもないね。ま、以前と変わらないな」

「でも、私たちにこうしてお話をしてくださる和尚さんになられたんですもの」

「うん。袈裟懸け子というのは、当たっているよ」

「まあまあ……無事に誕生までいったし、今日は、話はこのあたりで……」

「ありがとうございました」

と三人は寺の石段を降りていった。

夕日が大室山に半分隠れ始めていた。

荘厳な光景であった。

（あっちが西……極楽浄土だな。南無阿弥陀仏……）

荘厳な世界は三千もある。「三千大千世界」という。同じ意味だが、奈良の大仏は毘盧舎（顕教は〝舎〟、密教は〝遮〟の文字を当てる）那仏で、蓮弁が三千枚あるという。一枚で薬師瑠璃光世界、一枚で阿弥陀の極楽世界、一枚で金剛の密厳浄土世界……その一つは、中央と端も、東西南北もわからぬほどに巨大な世界なのだ。

アメリカの女性宇宙学者（名は失念した）が、テレビ番組で、食パンをスライスして、少しずつ離して置き、

「この一片《きれ》のパンが、一つの大宇宙です。そして宇宙は幾片もあって、離れていて

も、繋がっているように、連絡もあるんです。地球は一片のパンの粉一粒分かもしれません」

と説明しているのを観たことがあった。

地球――それが仏教の宇宙観における南瞻部《なんせんぶ》（閻浮提《えんぶだい》）なのだろう。

太陽（毘盧舎那）は、その地球を普《あまね》く照射している。そう思うだけで、心は救われる。なぜなら、輝いている、そしてやがて闇になってゆく太陽、夕日を、私は即今《いま》見ている。生きているから、人としての本有で見ているのだ。私の初劫以来の「持命の風《ルン》、持命の識（心）」は、ずっと私の代まで生きてきた。未来も、なんらかの生きものとして生きるだろう。十六回、輪廻転生すると、人天果報を得るという。

あと十六回、はたして、地球という器界は保《も》つのか？

まず、即刻、戦争をやめることだ。

宇宙飛行士ガガーリンは、

「地球は青かった」

と言った。

その青さに恵まれた南瞻部が砕けるほどの数の核爆弾を有している国々のエゴイズムは、本当に破壊してしまったとき、本有の有情の者、中有の有情の者、その器《うつわ》である地球という器界に、なんと言って詫びるのであろうか。

太陽は沈みかけて、なお赤々と燃えている。

大地の樹木の葉の一枚一枚の裏と表を明瞭にさせて照らしつづけている。

天城連山の稜線が、くっきりと黒く、天と地の区画の線を引いていた。

釈尊降誕以前から、無量劫、無数の仏たちが寂静として守り抜いてきた宇宙であり、地球である。

釈迦の威神力滅後も、地蔵菩薩と、弥勒《みろく》仏によって守護される地球である。

(どうか、この恵みが変わりませぬように)

いつしか、忽然は、夕日に合掌していた。

あとがき

「浄居山輪檀寺《じょうごさんしゅだんじ》」。浄居は、釈迦が兜率天にいたときに〝浄居童子〟と呼ばれていたことに因《ちな》んだ。輪（頭）檀王は、釈迦の父〝浄飯王《じょうぼんのう》〟のことである。

伊豆の山寺の名だ。住職は忽然《こつねん》和尚。一応禅寺である。化生《けしょう》の者は忽然と現れる。和尚も忽然と現れる。

「人が死なない理由《わけ》」――〝輪廻転生〟のなかでは、〝中有〟の後、再び〝本有〟に戻る。ただ、必ずしも、人間界、天上界の「人天果報を得る」とはかぎらない。しかし、輪廻転生を十六回行えば、その身は〝皮毛を脱し、業を尽《つ》くし塵労《じんろう》を謝し〟て、人天果報を得るという。

となれば「人は死なない」のである。変転、再生するだけである。

そんなことを思っているときに『【ゲルク派版】チベット死者の書（クスムナムシャ）』に出会った。ニンマ派版は先に読んでいたが、興味は湧かなかった。ゲルク派版があることは、タムトゥク・リンポチェから聞いて承知はしていたが、チベット本では、私にチベット語の素養がないために読めない。

そんな折、学習研究社の増田秀光氏が、訳者の平岡宏一氏からヤンチェン・ガロの撰述部の訳文使用の許諾を得てくださった。まことにありがたいことである。

これをなんとか柔らかく読みやすくできないものかと、工夫に工夫を重ねて二度書いてみた。二度めがこの『人が死なない理由《わけ》』になった。

私の意図どおりに読みやすくなっていれば、と思うばかりである。平岡氏のことは本文中にも書いた。改めて深甚の謝意を表顕する次第である。

さらに、この本の上梓を快諾してくださった国書刊行会の佐藤今朝夫社長には、またしてもお世話になってしまった。佐藤社長は大変に勘の鋭い人で、本を売れるか、売れないかだけでは判断しない。少しでも社会の役に立つ本であるなら出版を引き受けてくださる。私の尊敬する人の一人である。また、どうにも勉強不足で、不備の多い原稿に丁寧につきあってくださり、私が恥じいるような部分を的確に指摘して、最終的に不備のない書物に仕上げてくださる編集の畑中茂氏にはいつもながら頭が下がる。畑中茂氏の学識が何度も私を救ってくださっていることを告白し、心よりお礼を述べたい。長文の手紙を書いて畑中氏を説得したこともあったが、間違っているものには断固、首を縦に振らない。今どき貴重な人材である。確実にすばらしい本に仕上げてくれることは論をまたない。今回はゲラができてから二週間、心を落ち着け著者校に入った。そうした友人たちに、ひたすら深く頭を下げるだけである。人は一人では生きられない。ありがとうございました。

合掌

著　者

（了）

牛込覚心（うしごめ　かくしん）

略歴

昭和十五年（一九四〇）東京・浅草に生まれる。昭和四十五年、牛次郎《ぎゅうじろう》の筆名で作家としてデビュー。昭和五十六年、野性時代新人文学賞受賞。昭和六十一年、臨済宗妙心寺派医王寺にて出家得度。同寺学徒。平成元年、静岡県伊東市に、転法輪山願行寺を建立、開山。平成八年、願行寺が文部大臣認証の単立寺院となり、管長兼住職となり現在に至る。

著書（仏教関係の主なもの）

『生と死の般若心経』（スコラ社）『生と死の観音経』（東明社）『心をこめた先祖供養』『自然体の般若心経』（ベストブック社）『自然体《あるがまま》で生きる』（産能大出版）『臨終』（カッパブックス・光文社）『霊魂の書』（ノンブックス・祥伝社）『臨済宗枕経・通夜・忌日説法』『葬式の探求』『墓埋法・墓地改葬の探究』『坊さんひっぱりだこ』『霊性の探求』『話の泉一休さん一〇〇話』『沢庵和尚心にしみる88話』『家族葬』（国書刊行会）など多数。

現住所（〒四一三―〇二三一）
伊東市富戸一一六四―七　転法輪山願行寺

人が死なない理由《わけ》

平成一九年九月二〇日　初版発行

著者　牛込覚心
発行者　佐藤今朝夫
発行所　株式会社　国書刊行会
〒一七四―〇〇五六
東京都板橋区志村一―一三―一五
TEL　〇三（五九七〇）七四二一
FAX　〇三（五九七〇）七四二七
http://www.kokusho.co.jp
E-mail: info@kokusho.co.jp

組版印刷　明和印刷株式会社
製　本　株式会社ブックアート

落丁本・乱丁本はお取替え致します。
ISBN978-4-336-04962-9 C0015

葬式の探求

牛込覚心　現代の葬式の諸相を考察し、人の死にまつわるものの中で永遠に変えてはならぬもの——死者の霊魂を鎮め浄化し、癒し供養することを中心に論を展開。

二六二五円

霊性の探求

牛込覚心　霊はあるのかないのか、これは葬儀の根幹に関わる重大事だが、いまだに明快な解答はない。この古くて新しいテーマに、一仏教僧として真っ向からいどむ。

二六二五円

墓埋法・墓地改葬の探究　付・墓埋法（墓地、埋葬等に関する法律）・施行規則

牛込覚心　住職としての実体験にもとづき、墓埋法あれこれと申請のコツ、墓地改葬の成功の秘訣などを公開したノウハウ満載の書。最新の墓埋法・施行規則を付す。

三一五〇円

「お寺さん」出番ですよ

牛込覚心　実体験をもとに住職・副住職にエールをおくる。お寺が繁栄するヒント満載。寺院本来の役割から今日的なあり方まで、わかりやすく具体例をあげて説く。

二六二五円

＊表示価格は税込

死後はどうなるの？

A・スマナサーラ　死がすべての終わりであれば、仏教式の葬式など、なんの意味もなくなってしまう。初期仏教の立場から「輪廻転生」説をはっきり解き明かす。　一九九〇円

人に愛されるひと　敬遠されるひと

A・スマナサーラ　他人との関係で苦労しないためにはどのように生きるべきなのかを、釈尊の知恵からやさしく導き出す。よりよい人生を送るためのヒント集。　一八九〇円

わたしたち不満族　満たされないのはなぜ？

A・スマナサーラ　人はみな不満をかかえて生きているが、それが満たされることはない。人間そのものを「不満族」とし、不満こそが生きる原動力なのだと喝破。　一四七〇円

仏教の身体技法　止観と心理療法、仏教医学

影山教俊　仏教の教えに身体性をもたせ、真に仏教を体得するための書。日本人が失った伝統的な感性の文化を取り戻すために、天台止観を科学的に見直すことで提唱。　三一五〇円

＊表示価格は税込